U0538916

電烤盤與四級地震

井上荒野——著

ホットプレートと震度四

黃詩婷——譯

繁體中文版序

給台灣讀者

我已經有好幾本著作在台灣翻譯出版，這次又得以出版《電烤盤與四級地震》，真的非常開心。

本書中共有九個短篇故事。我很喜歡寫短篇故事，起點是在我十幾歲時讀了J・D・沙林傑的《九個故事》。「九」這個數字在日本因為和「苦」同音，所以大家都很忌諱，但對我來說卻是個讓人喜歡又可靠的數字。

這本書剛開始原本預計是寫給喜歡茶道之人閱讀的雜誌報導文學。

也就是去訪問壽司師傅或者主廚之後，寫下他們慣常愛用器具的相關故事。但由於疫情期間實在很難到處訪談，所以就改成以「與食物相關的器具」作為主題的短篇小說。畢竟沒有訪問就要直接撰寫，所以裡面都是我相當熟悉、自己也會使用的工具（煮黑豆的時候要把生鏽的鐵釘放進去，而且非常珍惜那根生鏽鐵釘的，是我的母親。我自己不會煮黑豆，都是買市面上的成品，但母親使用的那根生鏽鐵釘依然被我好好收藏著）。

果凍模具、披薩刀、咖啡壺、鑄鐵鍋、舊書桌、生鏽鐵釘、電烤盤、壓克力菜瓜布、柴火爐……我想這九樣器具，台灣人應該也會覺得熟悉。而使用這些器具做出來的料理——像是大阪燒、過年時做的黑豆等等，或許也會有人覺得十分有異國情調吧。

無論是哪個短篇，都是描寫在某個日常，以及各自生活中非常小——以本書書名的地震大小來比喻的話，大概就是「一級」左右的晃動。那樣小的搖動，雖然非常小、但真的有在動。

希望從我內心水流分支出去的無數條小支流中誕生的這九篇小說，也能夠與台灣讀者們心中的水流相連。同時也希望能夠輕輕地、卻又確實地搖晃著各位讀者的心。

CONTENTS

今年的果凍模型

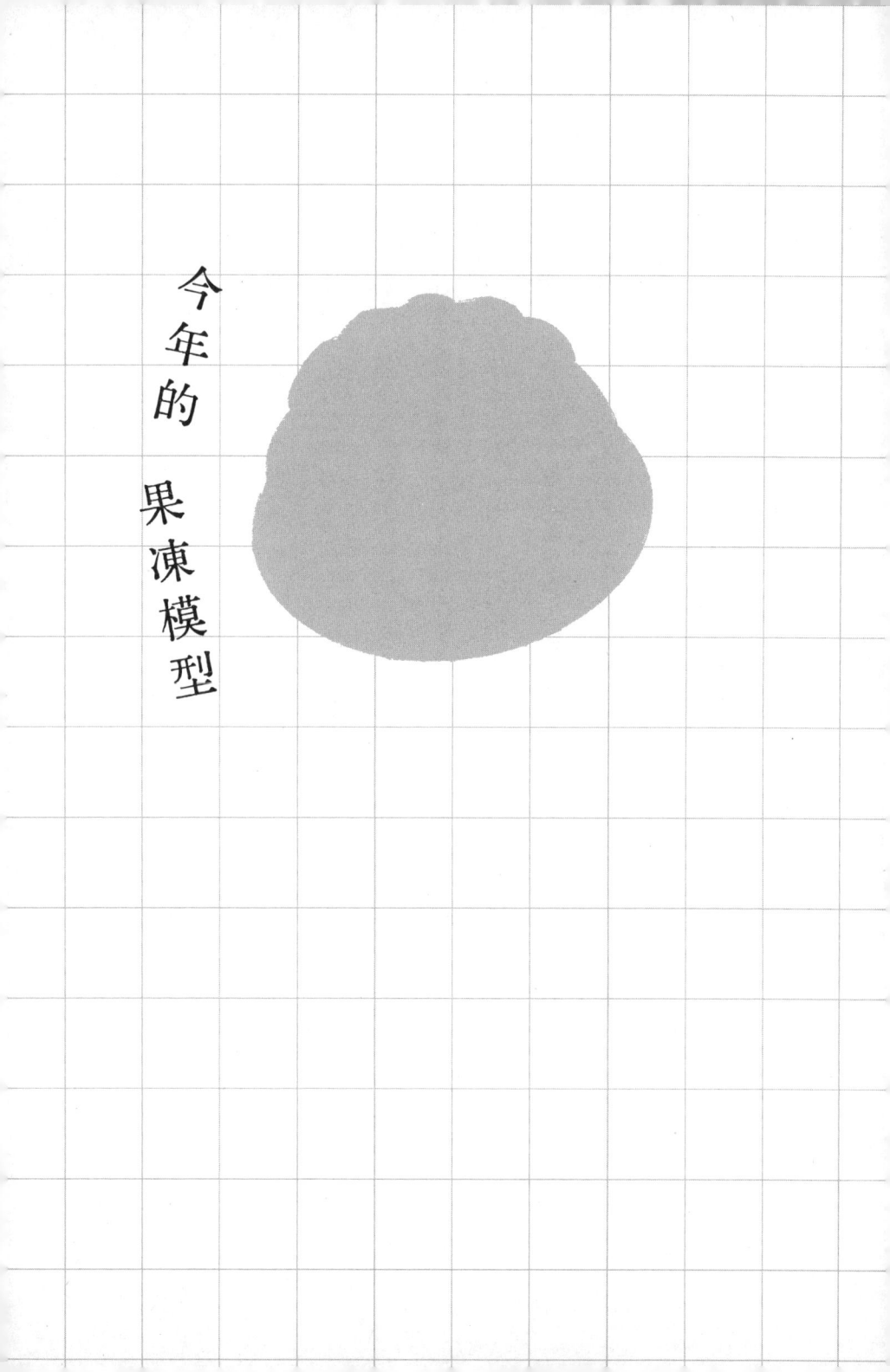

聽見LINE訊息聲，想著應該是女兒千尋吧，拿起手機卻發現是本地群組的通知。以前是不管大家屋子裡有沒有裝接收器，都直接用有線廣播大聲公告哪裡的誰過世了，或是整個村子都得去拔草的日子要改了之類的，如今這些聯絡都變成用LINE傳給能參加的家庭。畢竟通常都不是什麼要緊的事情，路子也就沒特別點開來看內容。

上午十一點，七月中旬梅雨剛過，八之岳西麓這一帶就算是在家裡，穿個短袖T恤還是會讓人稍感涼意。披了件外套就當防曬也防蟲，路子走向庭院。梅子果實纍纍，有兩三個已經落地，所以打算今天就都摘下來。

路子九年前起住在這房子。雖然是在松本那裡認識丈夫的，不過路子自己的娘家也在這附近，所以就趁丈夫轉職到這邊的時候，向親戚買了這間老房子重新裝修。梅樹是原先就在院子裡的，大概是跟這裡的土壤和地點契合吧，雖然沒怎麼刻意照顧，還是每年結出許多果實。

大概花了三十分鐘已經採了一大籃。拿進家裡，滿室甘甜香氣。一半就洗好然後夫婦一起享用好了，剩下一半煮到微甜放著吧。這樣應該能放到千尋回來的時候，路子想著。那孩子喜歡梅子。東京的超市雖然也有賣大大甜甜的梅子，但那孩子從以前就只喜歡吃家裡小小顆又酸又甜的梅子。對了，也用煮成甜味的梅子做些果凍吧。女兒還小的時候很常做的，每次把果凍從模具倒出來在盤子上，她總是歡呼著拍手。是了，就來做果凍吧。

正在量砂糖份量的時候，丈夫十志男回來了。假日他總是一早起來去騎一圈公路自行車。畢竟這裡地形多起伏，他還一臉得意洋洋地說雖然累了些，但是能練練肌肉。那是今年春天千尋離家以後，他才培養的興趣。

「妳看LINE了嗎？真擔心。」

十志男邊脱下安全帽邊説著。

「啊？怎麼啦？」

「妳沒看嗎？坂上家的爺爺好像失蹤了，説是半夜出的門。」

「坂上家的爺爺？怎麼會……」

剛才的訊息通知是這件事情嗎？點開本地群組一看，似乎是今天早上他家人六點起床的時候就不見爺爺人影。訊息還寫上了爺爺今年八十六、他的容貌特徵和服裝等事項。畢竟這裡的高齡者頗多，所以三不五時就會有這種通知。説是行蹤不明，通常都是因為癡呆而在哪個地方晃蕩。坂上爺爺也是嗎？這麼說來已經好一陣子沒見過他——最後一次見面是今年三月，送千尋去東京的那天，前往車站路上看見他從車窗外走過，母女倆還一起揮了揮手。坂上爺爺也笑咪咪地揮揮手，看起來實在不像是癡呆的樣子。小時候他就很疼自己，而且爺爺是蕎麥農家的人，對於花花草草都很了解，所以打造院子的時候也經常找他商量。比起行蹤不明這件事情，更擔心他是不是已經開始癡呆了。

煮好梅子後，路子直接開始準備起午餐。決定用加了雞肉和茄子的熱醬汁來搭配冷麵線。面對默默吸著麵線的十志男，以往我總會開口問著「好吃嗎？」或者「醬汁會不會太甜？」之類的，但今天卻沒開口。總覺得有些提不起勁，而我不問的話，他就什麼都不說。路子如此想著就覺得內心更加不安，為了把這種心情推到一邊，起身去泡茶。

路子喝著茶的時候，手機收到LINE訊息通知。會是坂上爺爺的事情嗎……不，這次真的是千尋的訊息。喜悅只在轉瞬之間，看見手機畫面上的訊息，忍不住「啊？」了一聲。

「抱歉。夏天不會回去。」

連忙打開LINE來看，再次確認了對話框，但千尋沒有留下其他訊息。

「什麼意思？」

傳出訊息。原本應該是預定明天或後天要回來的呀？所以才會煮了梅子，想著要做果凍呢。

「我要去沖繩打工兩星期。那邊可以潛水、條件也很好。本來對方是說已經有找到了人，但這兩天跟我說有人臨時不能去了、空出名額。」

一邊讀著女兒的訊息，路子覺得呼吸有些困難。打工。潛水。不是發生了什麼大事還是意外，只是為了這種理由嗎？就為了這樣不回家來嗎？我可是從很久以前——從千尋出發到東京的那天起，就等不及她回家的那一天啊。

「那打工結束會回來嗎？」

雖然已經預料到答案，還是忍不住送出這條訊息。

「抱歉沒辦法，我在東京還有事情。」

馬上就收到回覆。接下來是個不知道算貓還是熊的動物下跪道歉的貼圖。意思是對話到此結束嗎？正發著愣，手機卻又抖了一下。

「詳細可以問爸。」

居然是這樣的訊息。路子驚訝地看向十志男。他彷彿所有事情都跟自己無關一樣、稀鬆平常滑著手機。

「你知道千尋不回來的事情？」

「剛剛才知道的，就在我騎車的時候，她打了電話給我。好像想說這樣就算報告了，我就跟她說妳得跟妳媽說一聲。」

「剛才……」

但是你回到家以後卻一聲不吭嗎？一臉毫不知情、還擔心起坂上爺爺？算了，不管你了。所以是因為爸爸叫她「要跟妳媽說」，她才會傳LINE訊息給我嗎？「抱歉。夏天不會回去。」「抱歉沒辦法。」就只傳了這種內容。還有那個愚蠢的貼圖。就只有這樣。

拚命忍住快要溢出來的眼淚，告訴自己，為了這種事情哭實在太不中用了。又收到LINE訊息，正想著是千尋又傳了什麼嗎？但這次是本地群組。關於坂上爺爺的後續——說是有人在深山路口附近看見他。

「深山的話還滿近的，我去那一帶看看吧。」

十志男說著便站起身，沒等路子回應便匆匆出門。當然大家都希望盡快找到坂上爺爺，但他也不可能一直待在同一個地方吧。所以丈夫只是想逃走而已——從我身邊逃走。

在這寒冷地區的夏天，透明的日光射入的屋子裡，路子獨自一人留在家中。

那種感覺像是驟然浮現心頭、又像是一直都有這樣的感受，這屋子太大了。潔淨的木質地板、灰泥牆面、貼了瓷磚的洗臉台、方便好用的廚房……裝潢的時候讀了好幾本書，堅持各種細節、幾乎是一個人指揮這指揮那地完成了這項工作，如今卻覺得似乎毫無意義。根本沒預料到千尋要去東京的大學。原先想著就算是沒辦法從家裡通勤的地方，也頂多就是縣內的學校，她可以每個週末回家裡，或者是自己過去找女兒的距離。絲毫沒有想過，這家裡還擺著當初千尋和路子一起挑選的床套組及化妝台，她居然就這麼毅然決然地離開了。

把午餐的東西收拾完，就不知道該怎麼辦了。平常這種時間自己都在做些什麼呢？煮開了水再泡一杯茶，但根本沒有那種心情，也不管茶是好喝還是難喝，總之機械式地往嘴裡倒。一個月前的事情猛然浮上心頭。

那是在隔壁市的美容院。附近的朋友弄了個不錯的髮型，說是那間美容院做的，所以路子也去看看。那間店家是大概兩年前一位從東京搬過來的年輕女性經營。對方還很自豪地說她並沒有做宣傳，完全就是靠客人幫自己打的廣告。

雖然覺得對方還真是有些口無遮攔，不過這大概就是東京的風格吧，路子面對問題是有問必答。丈夫在本地的精密機械工場工作。路子自己是家庭主婦。有一個女兒今年春天開始住在東京。美容師自己是戶外派，已經不像以前那樣勤奮工作，偶爾就會休個長假跟東京的朋友們去露營。聊著聊著，那位美容師女子問路子：「像太太您這樣的人，白天都在做什麼呢？」雖然她笑咪咪問得彷彿天真無邪，但很明顯是看扁人的語氣。沒有工作、也沒有需要照顧的孩子、更不是夫妻一起充實過日子，妳這種人到底是怎麼快樂過活？對方臉上的表情就是這樣的。雖然內心震撼，卻也只能回答「哎呀，很多事情啦」，得到對方更加憐憫的表情。我到前年都還在工作呢，早知道就把這話說出口。雖然只是兼職，不過原先是在丈夫那間公司擔任行政職員。去年因為需要接送千尋去補習班，所以就辭掉了。沒錯——明明為了女兒犧牲掉各種東西，但那孩子卻三兩下就拋棄我，去了東京也不回家。思緒轉了轉又回到原地。

做果凍吧。

路子忽然下定決心。既然千尋不回來的話，那我現在做也行。反正十志男也不會在意這件事情，可能只有我自己吃，那也沒關係。我就全部自己吃掉。

路子憤憤站起身。只有梅子感覺不夠華麗，做果凍液的時候就把先前放著的罐頭桃子還有庭院裡的薄荷葉也加了些進去。之後只要倒進模具裡冷卻就好，做到這一步卻發現沒有模具。

想著應該就在那兒吧，打開抽屜卻根本沒看見東西。最後一次用是什麼時候呢？也許已經是十年前了吧。沒在這屋子裡做過，難道搬家的時候丟了？不會吧。四個直徑七公分的鋁製果凍模具，原先是路子母親在用的。母親非常擅長做水果果凍，路子結婚的時候，某種意義上有點感傷，就把那些東西給了路子。所以不可能丟掉的，但卻想不起來在哪裡。本來一直想著是在抽屜裡，但有可能在搬家的混亂中不小心當成了垃圾。

到處翻找一下又實在找不到，路子跌進了飯廳的椅子裡。心情消沉到連自己都有些驚訝。不行了，一切都不行了。千尋不回家、果凍模具也不見了。

又一個記憶浮上心頭。千尋小學一年級的時候第一次去遠足，平常都吃營養午餐而那天可以帶便當，所以千尋從好幾天前就非常期待。飯糰、煎蛋、小小的肉丸子，她還堅持一定要放果凍。雖然有些擔心可能會融化，不過那時畢竟還是五月，心想這樣的氣溫或許沒問題吧，路子還是做了給她。不過到了中午時間打開保溫盒一看，果然還是融化了。千尋回家向路子報告這件事情的時候，說著說著就掉下眼淚。邊想著遠足還這麼想吃果凍也太好笑了吧，一邊又覺得唉真可憐，路子忍不住抱了抱女兒。那孩子以前明明那麼可愛的。

手機響了。是千尋。怎麼啦，果然還是要變更安排回家嗎？想著絕不能有所期待地拿起電話，千尋卻是直接開口說：「欸有件事情要請妳幫忙。可以幫我把星星繪本寄到沖繩我住宿那邊嗎？」

「星星繪本？」

「哎呀就是我六年級的時候妳買給我的，有附3D眼鏡可以看到立體圖案……因為沖繩好像能看見很多星星。」

果然就是為了這種事情。一邊想著卻又覺得意外，她還記得那本書啊。那是給兒童看的星象書籍，當年看見新聞報導所以想辦法買來的。星象圖非常美麗，還記得自己比千尋還要喜歡那書，經常翻看。

千尋會以工作人員身分住在沖繩的附餐民宿，講完那裡的地址之後她只說了聲那就麻煩了便掛斷電話。路子還來不及生氣只能苦笑起來，便走向女兒的房間。除了偶爾打開窗戶透透風、拿吸塵器吸一吸以外，這房間就跟女兒離家時沒有兩樣。

從國中時期開始用的書桌旁邊有個細細長長的書櫃，星星繪本就夾在最下面那層。除了參考書和漫畫以外沒什麼特別的書，所以很容易就找到了。路子還是苦笑著站起身，卻驚愕地發出哎呀一聲。眼前這高度的夾層上就擺著果凍模具。這一層放的都是漫畫，前方多出來的空間就擺著四個果凍模具。

四個模具裡分別放了一些孩子氣的玩意兒。印有凱蒂貓的ＯＫ繃，黏著塑膠花的彈簧髮夾、動物形狀的小髮夾、珠串戒指。都是路子有印象的東西——或者該說，她還記得很珍惜這些東西的女兒。那珠串戒指是路子做給她的。

如今找到了，才想起似乎每次進女兒房間都有看見這些東西。以為是搬家的時候弄丟了，但其實是千尋拿走了嗎。當成巧妙的小置物盒、放些自己喜歡的可愛東西——但是對於她本人來說，或許這書櫃只是看習慣了的東西，不管是把果凍模具當成小盒子，還是裡面擺了什麼東西，都早已拋在腦後。

不知為何眼淚就這樣濕了眼眶，這次就不忍了，路子啜泣了好一會兒。然後才拿著星星繪本走出房間，用面紙擦了擦臉。回過神來才發現心情已經好轉。

「喂！找到坂上爺爺啦。」

十志男衝進家門。

「他好像自己回家了，說是跟老婆吵架所以離家出走。」

「搞什麼啊。」

路子笑了出來。那麼就不是癡呆了。這樣一想就覺得實在太好笑，剛才明明還哭呢，現在卻呵呵笑了起來。真的是喔。十志男也笑了。畢竟真的是鬆了口氣。

「哎呀，這本書要幹嘛？」

十志男看見桌上的星星繪本。

「說要我寄去沖繩，聽說那邊能看到很多星星。」

「哎呀，那挺不錯啊。」

丈夫的表情變得柔和許多，想來是因為感受到母女多半和解了，自然也放下心來。

除了書以外也寄個果凍模型去吧？路子的腦中閃過這個想法。對了，還有那珠串戒指。千尋可能會左思右想這是要幹嘛的啊？希望她稍微煩惱一下。這樣應該沒關係吧，要是她用LINE或打電話來問，就裝傻地回「哎呀，包裹裡有那種東西嗎？」好了。

十志男伸手拿起星星繪本翻了翻，陽光灑落在那書頁上，映照出斜紋線條。從窗戶吹進來的風實在舒服。今天天氣真是好啊，路子想著。

打包好要寄去沖繩的東西，把果凍液倒進模具裡。路子也決定好了，把千尋的小東西都拿出來，將果凍模具洗得乾乾淨淨。做了三個果凍，我吃兩個，丈夫吃一個。

披薩刀
在笑著

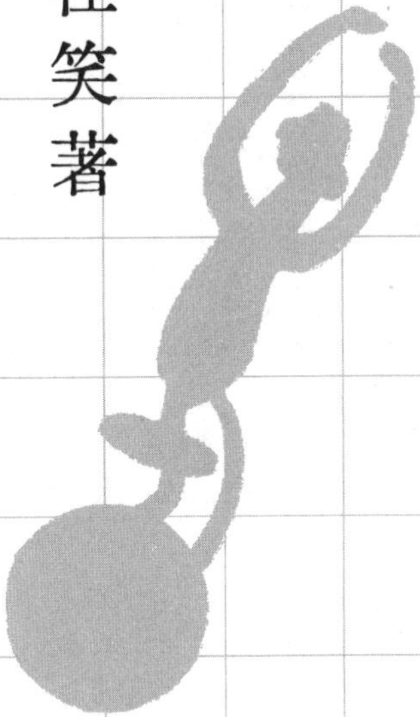

最先到的是詩步。大家好，聖誕快樂。她從外套帽子下露出臉來，咧嘴一笑。這是知道自己這樣可愛的笑法。不是什麼壞事，女孩們或者說女人們，總是希望自己在別人眼中是可愛的。

聖誕快樂。我也向詩步打了招呼以後，喊著二樓的兒子：「翔太——！」

「詩步來囉！」

兒子很快就下樓來。我們一樓是店面、二樓是自家，樓梯在廚房後方。咚咚咚。聽見這輕巧的腳步聲我就明白了。只要長年當老爸，還有西餐店的老闆，就是能明白這種事情。

「嗨。」

我回頭看著在我後頭舉起一手的兒子，穿著黑底上印了紅黃兩色骷髏的襯衫、剪了口子的牛仔褲。想來應該是為了今天的派對，花零用錢新買的衣服吧，頭髮還抓了造型。

「我是不是太早到啊？」

詩步不是對著翔太說這句話，而是對著我問。沒關係啦。翔太則代替我回答。

「有沒有什麼能幫忙的事情呢？」

「那就幫忙擺個盤子吧，就在那邊架子上、白色的。」

「老爸你幹嘛啦，怎麼可以讓客人工作。」

那並非抱怨我，而是要講給詩步聽的。詩步脫下外套，翔太接過以後拿去掛好，結果兩個人還是和和氣氣一起開始擺盤。詩步今天穿的是深藍色上有白色圓點圖案的洋裝，這應該也是為了今天新買的吧，很適合她。翔太擺盤擺得小心翼翼萬分仔細，很明顯一直偷瞄著詩步。

會是誰跟誰告白呢？原先想著他們不知何時才要告白，看來是等著聖誕節這一天。我想應該會是翔太開口吧，真不知道他會怎麼說。

我從正燉著西西里茄子雜菜的鍋前離開，打開烤箱看看烤雞的狀況。今天星期六下午兩點到五點，是六個高中生包場開聖誕派對。自從翔太上了隔壁車站的公立高中以後，他們三不五時就會來光顧——雖說他們在我這裡花的錢也不少啦——總之都是常客，今天就決定給他們大放送一番。唉簡單來說就是兒子拜託我嘛，畢竟我也是為人父啊。

正要去準備炸的東西，牛仔褲口袋裡的手機卻響了起來。

「喂。」

我簡單回應。電話另一頭是阿誠，是我高中時代的哥兒們——雖然我們幾乎都蹺課，沒怎麼在學校。

「下星期那事，可以多個人嗎？阿滿說他能來。」

「完全沒問題。好啊好啊，沒有其他變動了吧？照預定所有人都來？」

下星期是我們的聖誕派對，更重要的是睽違二十四年的小型同學會要在我這店裡辦。一直在東京工作的阿誠從今年春天轉職到了這裡，重新與我聯絡往來，所以才有了這次活動策劃。

「嗯。所以總共變成八個人吧。我、阿滿、瞬也、一郎、真理子、留美、洋子……」

聽見阿誠最後吐出「直美」，我終於鬆了口氣。幹嘛最後才說啊。

「禮物買了嗎？」

阿誠問著。就算我們都已過不惑之年，聖誕節當然還是要交換禮物的。

「買啦。」

「你買了啥？我根本不知道要買什麼啊。」

「智障，講了就不好玩了。」

「啊你居然那麼認真喔。」

不知道是上司還是顧客出現了，阿誠說了聲糟糕就掛掉電話。他是不動產業的業務，雖然我們曾被說是創校以來最糟糕惡劣的不良少年們，如今所有人也都如獲新生，找了工作、結婚甚至為人父人母。當然直美也是。她和丈夫一起在東京下北澤經營一間選物店，比較晚結婚，孩子應該是小學六年級的男生和四年級的女孩。這些事情我都知道——其實是我在網路上拚命搜尋，好不容易找到店家的部落格之後每天點開來看才會知道的——想著太好了，幸好她過得很幸福。所以總之就是——她畢竟是我第一個女人，睽違二十四年重逢我當然是萬分期待，絕對沒有抱持著什麼不該有的念頭。絕對沒有。

「我回來啦～」

去幫忙買東西的老婆麻惠回來了。我不知為何覺得有些慌張，居然回她「聖誕快樂」，讓她一臉狐疑地看著我。

今天過來的人也跟在老婆身後進了門。剛介、潤、朋音，還有晴子。

「叔叔您好。聖誕快樂。今天麻煩您了。」大家開口打招呼，只有晴子靜靜地沒多說什麼。也不是不能理解，畢竟一到聖誕派對的會場，就看見翔太和詩步和樂融融在擺盤，想必是在開口打招呼之前就分了心。哎呀，真感傷，這可真是令人感傷。

朋友們之間都叫晴子「阿晴」，她是個嬌小又長相稚氣的穩重女孩。有時候天真了些，兒子他們那群人因為覺得有趣就把她拉了進來。我也很喜歡這女孩，不是什麼奇怪的意義。就跟傻孩子有人疼差不多，笨拙的女孩總讓人想幫她加油，大概是這種感覺。

翔太掛好朋音的外套，又接過了晴子的（這方面可是我含辛茹苦教養的結果）。哇～阿晴好可愛喔。這是詩步的聲音。晴子穿著高領的橘色針織洋裝，的確很可愛。胸前還別了一個小小玻璃製的樅木。這別針好可愛喔，在哪裡買的啊～？女孩們喧鬧著。但是翔太居然跟剛介他們不知道聊什麼蠢話在那邊嘻嘻笑，根本沒有看向這裡。晴子不時偷看著翔太，我覺得煩躁到不行，只好集中精神在烹飪這邊。

生火腿、番茄和芝麻葉沙拉、炸鱈魚及白花椰、焗烤蘑菇、烤雞還有披薩，這是今天的菜單。雖然是給孩子們的聖誕特餐，但我才不會偷工減料。我可是在麻布的西餐館學習了十年，又去米蘭的餐廳修習了五年，回到出生長大的這個城市開西餐廳也七年了。

當中我對披薩特別有自信。當年決定要獨立開店的時候，甚至直到最後一刻都遲疑著是否該開披薩店。這對我來說是有著特別回憶的食物。高中時代，我跟直美總偽裝年齡進了賓館，完事之後老是吃披薩。因為旅館裡面就能訂，而且那披薩還附了披薩刀。就是那種有隻紅色猴子高舉雙手騎在單輪車上，輪子可以用來切披薩的東西。明明是便宜又不怎麼樣的工具，但每次用的時候，我和直美總是笑出來。那猴子就像是那時候我們的幸福。既然如此，當初為何我們會分手呢？唔，理由很明確是因為我出軌，但是我為何會出軌呢？我和那個女人也去了同一間賓館、也訂了披薩、一樣用那披薩刀，但猴子臉看起來一點都不開心。

平常店裡是不會放音樂的，不過今天翔太從房間裡把音響拿出來，正在放什麼山下達郎啦、沃姆啦、松任谷由實啦那些略帶種悲傷感的聖誕歌曲。完全就是小朋友的宴會。雖然沒有酒精飲料，不過光靠著無酒精啤酒和無酒精紅酒，我看這些傢伙也是能喝醉的。沙拉和炸魚的盤子一下子就空了，我才剛端出來的焗烤盤也沒剩下幾口，高中生的食慾真可怕。

笑聲。打鬧聲。假裝生氣的聲音。然後又是笑聲。哼歌的聲音。總之看來晴子也是笑著的，真是青春，這就是青春哪。沒我的事兒卻還是吸了吸鼻子。或許是因為下星期就要參加「大人的聖誕派對」吧。

「是下星期吧？」

老婆的聲音忽然在耳邊響起，害我差點嚇到跳起來。她是哪時候來我旁邊的啊。

「啊？下星期？什麼？」

「你的聖誕派對啊。是說你幹嘛心驚膽戰的啊？」

「我哪有心驚膽戰。為什麼要心驚膽戰啦。嗯是下星期啊，怎麼了嗎？」

「沒有啊，只是想說禮物你買了嗎？」

麻惠把我推到一邊，拿起了磨起司的工具開始磨帕瑪森起司。喀喀喀。轟轟轟。削起司的聲音聽起來比平常還要刺耳。

我是在第一間工作的店家認識麻惠的，她一直支持著我到現在，還帶著翔太跟我一起去了米蘭。雖然她在米蘭的時候體重增加了十公斤（順帶一提我自己增加了二十公斤），現在仍然是個好女人，還是我愛的老婆。當然是這樣了。

「那個真的很不錯呢。」

麻惠切著菠菜說道，這是煮好以後要撒上起司用來搭配烤雞的。

「那個是說啥？」

我攪拌肉醬邊問著。要用在披薩上的肉醬其實早就做好了，根本不需要攪拌。

「聖誕節交換禮物啊。我們那個時候，一個人才五百而已吧。只能買個不怎麼樣的東西，但還是覺得很開心。誰會抽中自己的、自己又會抽到誰的東西，真的滿興奮的。」

「嗯、對啊……」

我繼續用力攪著肉醬。

「所以呢？」

麻惠又開口。起司早就磨好了。她怎麼還站在這裡啊。

「咦？」

「禮物買了嗎？」

為什麼一定要問這件事情啊，是發現了什麼嗎？不，應該不可能吧。麻惠知道我以前有些胡鬧，但她並不知道直美的事情。雖然說她知道我跟她交往之前也有過其他女人，不過應該不可能想到其中之一（而且對我來說還是比較特別的女人）下星期會參加聖誕派對吧。不，會不會發現了呢？不可能不可能。這樣的話，我有什麼好畏縮的呢。我又沒有在期待什麼。

「買是買了不過……」

所以我就老實回答。

「不過什麼？」

「沒什麼，買了啦、買了。」

「買了什麼？」

「不是什麼大不了的東西啦。」

我沒有打算隱瞞，說出口的卻是這種話。麻惠盯著我看好一會兒，見我沒有要繼續說下去，聳了聳肩又繼續工作。糟糕。這實在很糟糕。感覺就是買了什麼要不得的禮物。而且會場就是這間店面，麻惠也在啊。肯定會看我們交換禮物，畢竟是交換，有九個人換禮物，當然那東西就不一定會到直美的手上。但是直美看到那東西瞬間的表情，老婆可能就會看見。是了，我怎麼沒有想到這點呢？我希望直美能夠理解我送這個禮物的心情，但老婆也有可能注意到直美發現的事情啊。這樣不行吧。

忽然聽見一陣歡呼聲，孩子們奔向窗邊。怎麼啦怎麼啦。一瞬間我還想著該不會直美現身了，心裡七上八下卻發現根本沒什麼，不過就是窗外飛舞起片片白色罷了。是雪。下雪了。白色聖誕節耶。孩子們都很興奮，真是可愛。

「聽說一起看冬天第一場雪，戀情就會實現喔～」

朋音說著。現在有這種說法？有喔？聽他們繼續說下去，好像是很受歡迎的韓國連續劇裡面有這樣的場景。真假啊？那我得打個電話，說這話的是潤。你是要打給誰啦，裝什麼啊，剛介回應著。而我兒子呢——

唔哇。

他跟詩步兩兩相望。

然後晴子看著他們兩人。已經沒有閒功夫偷偷看，完全就是盯著他們。可能是想找出一絲一毫翔太跟詩步並非兩情相悅的證據，或是抱著翔太可能會看自己那麼一眼之類的一縷希望。

計時器鈴聲大作，我打開烤箱，把看起來令人食指大動的烤雞拿出來。和麻惠一起把烤雞裝盤後，小心搬出去。

迎來的是一陣歡呼。看來下雪什麼的已經被他們拋在腦後。太好了太好了。我在大家的同意下開始切烤雞，裡面塞了米和乾果，又是一陣歡呼。希望至少這烤雞能夠稍微慰藉晴子的心靈。

「是說翔太跟詩步啊，你們兩個挺黏的啊？」

就在我要回廚房的時候，耳邊傳來這句話。剛介那個笨蛋。

「你們一直盯著對方耶～從剛才就這樣囉。已經在交往啦？」

我知道，剛介並不確定這件事情，只是在試探他們。而且心裡大概想著最好是弄錯了。這不是因為他喜歡詩步，而是希望這個令人感到舒適的男女混合團體，可以就這樣像個舒舒服服的溫泉一樣持續到天長地久。

「果然喔？我就想說是這樣。」

換朋音開了口，她的語氣倒是非常肯定，就像是自己早就發現的事情得到了證明。這個年紀的女孩子總是早熟，想來女孩子們大概對這個溫泉已經有些厭煩了。

好啦，翔太跟詩步會怎麼做呢？以我來說，是希望他們能夠再含糊帶過一段時間，但他們看了看彼此，呵呵笑了起來。超級幸福的表情。也稍微藏一下吧你們。

「本來想說晚點再跟大家說的。」

「是啊。」

呀！朋音尖叫著，剛介則碎念搞啥啊真的是喔而對此狀況認命，潤咻地吹起口哨。翔太和詩步開始交往這件事情，就像是另一道被端上桌的菜餚。在朋音開頭下，剛介和潤也問起了你們什麼時候開始交往的、誰先告白的、進展到哪裡了啊這些問題，簡直跟藝人情侶的訂婚發表記者會一樣。

晴子——微笑著點頭、拍手，沒有人發現她的絕望。雖然我很氣這些死小孩，不過對晴子來說或許這樣比較好。

「喂！可以上披薩了嗎？」

我忍不住開口打斷記者會。

「啊，等等。先交換禮物吧。」

翔太回答。他按了按手機，音響傳出了有些愚蠢的「Rudolph, The Red Nosed Reindeer……」歌曲。

小鬼們馬上就把翔太和詩步的事情丟到一邊去——畢竟就是些小鬼頭——然後把特地包裝好的禮物都拿出來，開始尖聲笑著隨歌曲轉起禮物來。應該是決定在一千以內吧，禮物有小有大，都包著聖誕節氣氛的金光閃閃包裝紙，也有感覺就是自己包得不怎麼樣的包裹。我又忍不住吸了吸鼻子，一邊揉著披薩皮、不時看看他們那邊的情況。晴子拿來的是掌心大小的方盒，金底上藍色星星的包裝紙搭配了紅色緞帶。裡面是什麼呢？

「那個感覺很用心呢，肯定是拚命挑的。」

老婆喃喃説著，不知為何我明白她指的是晴子帶來的禮物。沒錯，我明白，大概是因為我們已經當了十七年的夫妻。

紅鼻子馴鹿的歌詞不知道重複了多少遍，猛然停了下來。這不是翔太按掉的，而是原本就這樣設定，當下翔太眼前的是晴子的禮物。

到晴子手上的是朋音的禮物、朋音拿到詩步的、詩步拿到潤的、潤拿到剛介的、剛介則拿到了翔太的。我一邊裝飾披薩，同時觀察著後續狀況。大家開始拆包裝。非常漂亮的罐裝餅乾、樅木圖樣的頭巾、小熊維尼的布偶、韓國泡麵等等，還有桌遊，瞬間桌上充滿笑鬧聲、呻吟聲和鼓掌聲。

翔太打開來的盒子，裡面裝了紅色愛心。這什麼，巧克力？翔太把東西捏起來，原來是蠟燭，是小小的紅色愛心形蠟燭。蠟燭喔，感覺很時尚耶。翔太這麼一說，潤馬上接話說搞什麼啊翔太不需要愛心了吧，大家都笑了起來。

「正好啊，你們兩個可以一起用。」

晴子說著。還是一樣笑咪咪。阿晴，謝謝妳。詩步說著。

「唉……」

我看向老婆，剛才的嘆氣肯定是來自她。老婆看向我，眼睛裡似乎有淚。看來麻惠也發現了晴子對我們兒子的思念。仔細想想也是理所當然。畢竟我和老婆總是一起在這裡，我做料理的時候她就在幫忙，我們一直在一起。我知道的事情，麻惠也知道。麻惠現在肯定也是一邊恭喜著兒子初戀有成，同時為了晴子感到心痛。

我從窯裡把披薩拿出來、放在盤子上，然後拜託老婆幫我端出去。接著從廚房後方的樓梯奔上去，衝進二樓被當成置物間的和室，把藏在壁櫥門後的那個東西拿出來。我把店家包得漂漂亮亮的盒子拆開，那紅色猴子披薩刀笑咪咪出現在我眼前。我回想起在街上雜貨店裡偶然發現這個東西的時候，自己驚嘆不已的興奮之情，搔了搔頭、拿著這東西下樓。

老婆正把第二片披薩放在桌上，聖誕快樂。我刻意誇張地喊著，然後像是不經意地把那猴子放在晴子面前。

「這是我給大家的聖誕禮物。切完披薩之後你們可以猜拳決定誰拿走。翔太，你別在那邊羞答答了。」

閉嘴啦。聽見翔太的回嘴，大家都笑了，晴子也笑了。她拿起紅色猴子看了看，兩者笑咪咪地面對面，感覺晴子的微笑似乎稍微真實了一點。

「那是什麼啊。」

回到廚房，麻惠問著。

「先前為了今天買的啊。」

我這麼回答。喔？老婆嘟起嘴來，顯然有些懷疑。小鬼們輪流使用那猴子披薩刀，相當興奮的樣子。真是青春，這就是青春哪，我想。不管是告白成功、還是沒有告白就失戀，都是青春。

反正下星期的聖誕聚會我是很期待的，真的完全沒有任何虧心之事。不過聖誕禮物現在沒了，還是得趕快找一個才行。

咖啡壺大冒險

阿琉穿上鞋子。

水藍色的鞋，這是升上年級以後腳變大了所以買的鞋。有粉紅色也有水藍色，阿琉說要水藍色的。粉紅色的比較好吧？媽咪說了好幾次，阿琉還是搖搖頭。媽咪，也就是阿琉的母親，聽見店員說「現在就是這種時代嘛」而苦笑了一下，當然阿琉根本聽不懂那個人說的是什麼意思。阿琉只是想跟阿透的一樣而已。阿透黃金週的時候去了爺爺家，在附近的河流抓了很多蝌蚪，也給了阿琉三隻。

阿琉把腳踩進鞋裡，看起來似乎沒辦法好好塞進去，不過阿琉知道沒問題的。用力把腳尖塞進鞋子深處、拉了拉腳踝那邊，在地面上敲兩下。看吧，穿好了。阿琉已經不會說這是「鞋鞋」，要說「鞋子」。會說「鞋鞋」的是沒辦法自己穿鞋的小小孩。

阿琉在院子裡，為何鞋子不在門口卻在院子，是因為放在陽台上晾乾。前天下雨後在院子裡玩耍，結果全部都是泥巴，媽咪幫忙洗了。至於為什麼阿琉會在院子裡，是因為客廳落地門的紗門，稍微打開了一些。這扇紗門平常是有上鎖的，而鎖頭的位置在阿琉伸手搆不到的高度。就算開了玻璃門，紗門也還是關著的話，媽咪絕對都會把紗門鎖上，阿琉自己打不開。但是今天並非如此。阿琉發現紗門和門框之間有空隙，所以輕輕拉看看。紗門一下子就開了，阿琉輕鬆地走到院子裡。

說是院子，也不過就是跟鄰居家隔開來一個像走廊一樣的細長空間。這裡有曬衣竿、媽咪種的花，還有裝了水的火缽。這個火缽是阿琉的母親單身時從古董店裡買來的，以前在上面放了玻璃當成桌子。阿琉已經聽過好幾次這東西的來歷。雖然不能完全理解到底是什麼意思，不過記住了「古董店」這個名詞。這個詞彙有著「其他國家」的感覺，希望有一天能去看看。

話雖如此，那火缽現在裝的水裡有水草擺動著，還有三隻蝌蚪在裡面游泳。從阿透手上接過這些生物之後，媽咪就從置物櫃裡面把火缽拉出來，然後幫牠們做了這個住處。雖然是蝌蚪的家，但這是阿琉的蝌蚪的家。所以來到院子裡的阿琉，當然要先去那裡了。阿琉看著蝌蚪游泳好一會兒。接下來，該做什麼呢。阿琉先前從沒有一個人離開家門過，就連餵蝌蚪吃東西的時候，也都會和媽咪或爸比一起。但今天只有自己一人，想做些只有今天才能做的事情。

一回神發現陽台竟擺了個孤零零的咖啡壺，應該是因為剛才在這裡吃早餐吧。媽咪和爸比把可頌（阿琉會念成「可鬆」）、熱狗炒高麗菜、阿琉的牛奶，還有裝在咖啡壺裡的咖啡從廚房拿過來這裡。「天氣真好啊」、「下星期開始大概會有蚊子了」、「我真的很喜歡這房子」、「這麼說來下個月要更新了呢」阿琉聽爸媽說這些話的時候，覺得就像是在聽音樂。

阿琉還不記得咖啡壺這個詞，不過知道這個是「裝咖啡的東西」。阿琉還沒有喝過咖啡，因為說是對小孩子不好。黑漆漆的、有種燒焦的臭味，看起來還真的是有毒，所以阿琉並不想喝。但是她有問過幾歲以後可以喝呢？媽咪說，大概十二歲吧。十二歲。對於阿琉來說是非常遙遠的未來。長到十二歲以後，就喝咖啡。或許也能去古董店。這樣一想忽然覺得有點害怕。不過那還是很久很久以後的事情，這樣告訴自己以後覺得安心許多。

阿琉拿起咖啡壺，底下還殘留了一點咖啡，但是不用手去碰應該就沒關係吧。不過還是有點緊張，覺得自己有稍微大人一點。又好像是拿到了什麼武器，阿琉從院子走往大門的方向。大門上雖然有門栓，不過這個阿琉是有辦法打開的（和爸比一起出去院子的時候，有好幾次都是讓阿琉來開，但是不告訴媽咪）。阿琉打開門走到外面。

紗門的鎖沒有鎖上，是因為阿琉的母親春香那時正在生氣。

春香在收拾陽台上的早餐時，口袋裡的手機響了起來。對方是工作上的聯絡對象，其實是有事找春香的丈夫隆利，但因為無法撥通隆利的手機，只好打電話找春香。隆利的手機沒電了。春香將自己的手機遞給還坐在陽台椅子上的丈夫，然後繼續收拾東西。阿琉拿著自己的牛奶杯，緊緊跟在春香後面進入家中。

看見隆利將手機緊貼在耳朵上、相當嚴肅的側臉，春香有種不好的預感。天氣晴朗氣溫宜人、五月的最後一個星期天才剛展開，就感覺陷入了危險當中。「阿琉好乖喔。」還記得自己這麼跟女兒說著，接過她手上的杯子。之後開始清洗餐具，但不知為何腦中充滿了怒氣的預兆。

「我去趟事務所。」

果然講完電話進到屋子的隆利如此說著。他們兩夫妻和一名單身男子一起開了設計事務所。目前正在進行的大工作，出了差錯，最好要在把東西交給客戶的星期一早上之前修正完畢。電話內容是這樣說的，而錯誤的責任在那名單身男子的身上。可是他的電話根本就打不通，對方沒辦法只好打來這裡。雖然沒有具體預料到是什麼事情，不過果然跟自己猜測的相去不遠。

「你就想辦法找到勇一，讓他去做就好啦。」

「妳也知道假日根本聯絡不上那傢伙啊。」

沒錯，勇一就是這種人，即使是自己犯下的錯誤，他也絕對不肯在假日工作，而且（恐怕是預料到可能會有錯誤，又或者是發現有錯誤的時候）還會把手機關機。畢竟這種事情已經發生過很多次，所以春香想著乾脆關了這間事務所，夫妻兩人一起工作就好了。然而隆利不贊成，因為勇一是他高中起的好朋友。而且丈夫總是在幫忙做勇一的工作，他去幫忙，就犧牲了家庭。今天也是，原本都說計畫好了要去買東西、在河邊吃午餐、等道琉午睡以後，就看看 Netflix 上的新電影，結果他乾脆地打算就這樣打消計畫。

「喂～媽咪呀。」

隆利走下樓來。談戀愛的時候還是叫名字「春香」的，現在卻只叫「媽咪」這點實在令人生氣（不過關於這個稱呼的問題，其實春香自己在女兒面前也只有叫丈夫「爸比」，兩人獨處的時候也只叫「欸」）。

「黑色資料夾在事務所嗎？」

「在二樓啊。」

隆利總是這樣，這種「你給我好好找啊」的地方也讓人生氣。碗盤洗到一半也只能先關上水龍頭，春香和丈夫一起上了二樓。就在剛才那一瞬間，最後從陽台回到屋子裡的隆利的確想著是不是該好好把紗門的鎖給掛上。不管講了幾次，隆利總是忘記。對於女兒一個人跑出去外面的危險性，在他眼中來看並不覺得有春香說得那樣嚴重。當然也發現了咖啡壺還在陽台，反正過來拿咖啡壺的時候再把紗門的鎖帶上就好。原先是這麼想的，但去了二樓就全忘光。叫隆利再打一次電話給勇一看看，隆利卻不接受，兩人稍微吵了起來，春香只能瞪著最後還是得出門的丈夫背影，心裡想著要不乾脆離婚吧這種極端的念頭。

當然阿琉知道不可以自己出去外面。外面有車子，還有會拉走小孩的人，也可能會迷路回不了家。所以出門的時候一定要跟媽咪或爸比一起，講好了喔。媽咪總是這麼說的。

阿琉在家門前的道路一步一步走著，路上沒有其他人，也沒有要帶走自己的人，阿琉回頭，還能看到家，沒有迷路。如果有人要來綁架自己，那就逃回家。

而且阿琉知道，這條路直直走下去，左邊就是奶奶的家。每次都是跟爸比和媽咪一起走過去，所以阿琉應該也能自己走過去。奶奶看到阿琉自己過來，應該會嚇一跳吧。應該也會稱讚阿琉吧？嗯，就去奶奶家吧。

這麼想著，阿琉稍微加快了腳步。從隔壁加藤家前面走過，矮矮的鐵絲網上纏繞著香香的白色花朵還有草。加藤家有伯父、伯母，還有去了大學的哥哥，哥哥就算在路上看到爸比或媽咪（還有旁邊的阿琉）也不會打招呼。他一看見阿琉他們就會馬上掏出手機假裝在看手機（「假裝在看」是媽咪跟爸比說的）。但是擦身而過的時候，他會看一下下阿琉。為了要看哥哥那時候的表情，阿琉總是盯著哥哥的臉瞧。

加藤家隔壁是永島家，住著爺爺跟奶奶。還有棕色的博美狗（阿琉都念成「波美」），爺爺和奶奶總是兩個人一起帶博美狗散步。爺爺老是背著背包，裡面好像是塞滿了書。爺爺的背彎彎的，說是為了要拉回來變成直的，所以出門的時候總是背那麼重的背包。爸比說，阿琉如果不挺直背走路，也會變成那樣喔。這個警告對阿琉來說非常有用，阿琉只要想到這件事情就會挺直身子（雖然她的姿勢在爸媽眼中看起來是「小腹凸出來了」）。

就在永島家快到盡頭的時候，阿琉停下腳步。鐵絲網和道路之間有個什麼東西，蹲下來一看發現是隻襪子。

白色的襪子，腳踝處是折起來的，被遮起來的部分好像有什麼刺繡。阿琉知道，掉在路上的東西隨便亂碰是很危險的。這是阿透說的。因為很可能裝了炸彈，或者是有毒在上面。阿透的朋友就是因為這樣失去雙腳的，不過那個人好像還活著。被帶到外國去，裝上各種裝置來進行「實驗」的樣子。什麼實驗?阿琉問過。阿透説是很重要、秘密的實驗。

所以阿琉沒有用手去碰,而是用咖啡壺去挪動襪子。把折起來的部分攤開來,就看到腳踝處的刺繡是帆船。阿琉把咖啡壺放了上去,透過玻璃底看著帆船。那是艘揚起水藍色風帆的黃色帆船。阿琉有搭過帆船,她是這麼跟阿透還有其他朋友説的。其實阿琉去年到春香娘家的時候,搭的是從港口到島嶼的高速船,不過阿琉不記得高速船這個詞,但覺得把那個船叫做帆船,應該也不算壞事吧。

「道琉啊,妳在幹嘛?」

頭上忽然傳來聲音。嚇了一跳抬起頭來,是阿透的姊姊麻里。她騎著腳踏車,麻里是小學三年級的學生。

「要去祖母家。」

「妳一個人?」

「媽媽在等我。」

阿琉說了謊。順帶一提阿琉跟其他人說話的時候,會稱呼媽咪為「媽媽」、爸比是「爸爸」、「奶奶」是「祖母」。

「我要拿這個過去。」

阿琉拿起咖啡壺給麻里看。喔~麻里看起來頗為感動,阿琉有些得意。

「妳要上來嗎?」

「嗯。」

這對阿琉來說是麻里給她的挑戰,麻里絕對會把這件事情告訴阿透吧,所以阿琉馬上答應了。彷彿坐在腳踏車後座這件事情一點都不可怕。

阿琉總是坐在媽咪的腳踏車後面，但這是第一次沒有輔助椅和安全帽。

麻里的腳踏車比媽咪的小很多，咖啡壺就請她幫忙放在前面的籃子。麻里把腳踩穩避免腳踏車動了，阿琉跨坐到行李架上。

「腳放在那個伸出來的地方，對就是那裡，放在那裡然後絕對不要動。」

麻里下了一個頗為可怕的指令。

「抱緊我，絕對不要放手。」

阿琉抱住麻里。麻里的T恤因為汗水而黏在背後，有股甜甜的氣味。阿琉雖然想要趕快下去，卻迷惘著不知道該怎麼說這件事情。

「走囉，ＯＫ？」

麻里卻正好說出這話。

「ＯＫ。」

阿琉回道。因為對方彷彿是在詢問一個大人，實在很高興。這是出生以來第一次說出ＯＫ這個字。

麻里踩下踏板。感受到原本不存在的阻力，為了撐過去而把體重壓下，踏板下墜、腳踏車咻地往前進。真喜歡這一瞬間。要是春香聽見了肯定要昏倒，其實麻里不用輔助輪騎腳踏車也還只是不到一個月以前的事情。只能在公園內、載著弟弟透騎車，也是一星期前才允許她這麼騎。雖然被告知絕對不可以騎到馬路上，但這附近沒有其他人，往道琉奶奶家的路線又是一直線，所以應該「ＯＫ」吧，麻里想。在公園裡只能繞圈圈，但在道路上就可以直直走，也能夠拉高速度，麻里一直都很想嘗試看看。

腳踏車奮力前進著，阿琉緊緊抓著麻里，這是當然的，不過那種爽快感還是遠超過恐懼與不安。爽快——不，真是痛快。因為沒有戴安全帽，所以髮絲隨風飛揚。風兒也從耳邊呼呼吹過。在阿琉看來，這就是大人的感覺。

「道琉會喝咖啡嗎？」

麻里問著。

「會喝。」

阿琉說了謊。

「咦真的喔？不加糖跟牛奶也可以嗎？」

「嗯。」

阿琉回答。

道琉呢？

春香猛然想起。

隆利把黑色資料夾塞進包包，騎著登山腳踏車快速遠去。春香因為正在氣頭上，所以沒送丈夫出門。回到廚房把洗到一半的東西洗完，才發現平常星期天總纏在自己腳邊的女兒不見人影。

哎呀，偶爾也會這樣的吧。可能在和室裡翻看繪本吧。也可能去了廁所。不久前她已經不會為了要上廁所而喊母親。明明不久前還穿著學習褲——不，都還穿著尿布呢，甚至還在我胸前吸奶也不過是沒多久以前的事情。說到底女兒就是每天以非常快的速度成長，所以上星期在自己腳邊，也不代表今天就還是會來到身邊。

一邊冒出了些許不安，春香收拾東西時仍這樣想著，卻又想起咖啡壺而朝客廳走去。就是這時候發現紗門開著，隆利又忘了拉上。真是的！對於丈夫的怒氣更上層樓的瞬間，又發現紗門不只沒上鎖，還開了大概三十公分的寬度。正好是道琉可以鑽過去的寬度。不會吧。

「道琉？」

走出陽台，春香喊著女兒——但這院子如此狹窄，只要轉個頭就清清楚楚知道女兒不在這裡。不，女兒應該在屋子裡吧。這紗門肯定是隆利進屋子的時候打開的，然後又沒關好，肯定是這樣。然而春香又發現，並沒有看到咖啡壺。不祥的預感越來越嚴重。不，應該是隆利把壺拿進屋子裡了吧？然後就隨手一放。肯定是的。

「道琉！阿琉！」

春香回到屋裡喊著女兒。一邊喊、一邊在家裡到處找。不在和室。不在廁所。不在廚房。也不在二樓。不在任何一個地方。

春香再次走到院子，發現剛才沒注意到的事情。晾在這裡的鞋子也不見了，那雙小小的水藍色運動鞋。往地板下看看，也沒有。腦袋一片混沌，她記得這種感覺。父親身體狀況變糟，去了醫院、做了檢查、又做檢查、再做檢查，知道病名的三個月後死掉。就是那時候的感覺。有如針尖般丁點大的黑色預感逐漸擴散，不會吧、不會吧、不會吧，一邊想著不可能會發生這種事情的，就在這個幸福家庭逐漸被抹黑的瞬間。不行，不能這樣想。這不一樣，跟那種情況不一樣。

「阿琉！」

春香慌張地穿上拖鞋走進院子，門也開著。阿琉肯定是跑出去了。

什麼時候？去了哪裡？出了家門，左邊是緩坡的直線道路，沒看見女兒。往右邊跑去，站在路口往左右兩邊看，沒有。該去找哪裡？該怎麼找？她一個人走路嗎？能去那麼遠的地方嗎？應該能找到的、她會回來的、小孩子的腳步沒有多快。只要不是被帶走。不行，不能這樣想。

明明就一會兒的事，為了不讓湧上的淚水掉落（因為哭了就太不吉利），所以春香睜大眼睛想著。明明剛剛還一家三口在陽台吃早餐呢。初夏的風很舒服，道琉喝了牛奶所以嘴邊一圈白，樣子實在可愛，自己和隆利還對看著笑了出來，隆利拿起了咖啡壺幫自己再倒了一杯咖啡。

咖啡壺。春香猛然想起沒看見咖啡壺。一瞬間覺得，應該要先找到咖啡壺。如果找到咖啡壺的話，女兒就會回來了。那是結婚賀禮，當時還跟隆利一起工作的廣告經銷公司的同事送的咖啡機附屬的壺。結婚以後六年來沒有壞也不曾哪裡不好用，每天都勤奮工作。還想著一直都是這樣的，完全沒想過會不見。

嘎！腳踏車發出刺耳聲音停下。

「這裡可以嗎？」

麻里問道。這還沒到奶奶家門前，要更前面。

麻里不想見到阿琉的祖母，因為怕兩個人騎腳踏車來這件事情會讓自己挨罵。而且騎了這麼遠，就覺得後面的重量實在很煩。真想趕快自己一個人騎，想爽快一點騎車。

「妳看就是那裡，那個有藍色花朵跑出來的地方就是道琉的奶奶家。妳認得吧？可以自己過去吧？」

阿琉點點頭下了腳踏車，麻里從前面的籃子把咖啡壺拿出來遞給她。那就這樣囉，掰掰。麻里一下子就騎走，從奶奶家前面經過、然後就看不見了。

阿琉右手拿著咖啡壺被留在原地。

那個有藍色花朵冒出來的就是奶奶家，當然知道啊。藍色的花叫做「鼠尾草」，先前去奶奶家的時候還摘了帶回家。是阿琉自己用剪刀剪下來的，所以那裡肯定就是奶奶家。明明這樣想，卻又覺得好像不太對。總覺得自己現在站的地方並不是前往奶奶家的路，而是從沒走過、完全不認識的道路。那個開著藍色花朵的房屋，感覺會有個不是自己奶奶的奶奶。如果阿琉按了電鈴、對方開門，就會走出一個阿琉不認識、面孔可怕的奶奶，然後——

阿琉轉回頭。奶奶的家看起來是不認識的地方，走來的道路感覺也很陌生。走上不認識的道路，阿琉也回不了家。阿琉回不去了。

阿琉放聲哭了起來。幾乎就在此時，阿琉的祖母多加子正走出門口。春香打了電話來，所以她慌張地要出門找孫女。聽見孩子的哭泣聲，一轉頭就看見道琉。她一手還拿著什麼東西。

多加子鬆了一口氣，舉起手上的電話打給春香。春香剛聯絡完隆利，正往祖母家相反方向跑著。馬上掉過頭來往這邊跑。這樣就能與阿琉和咖啡壺重逢了吧。阿琉當然被罵了，但是因為阿琉和春香（還有多加子）都在哭，所以大概也沒有罵得多兇。

接著春香握緊了阿琉的手回家，把咖啡壺裝回咖啡機上，應該會泡個咖啡吧。然後應該會拿很棒（而且有點貴）的百分之百新鮮芒果汁給阿琉喝。隆利丟下工作回家的途中，接到春香聯絡說「找到道琉了」。但他沒有回去事務所，而是踩著登山腳踏車繼續往自家前進。無論如何他都想看看女兒。

隆利到家的時候喊著「道琉！」並打開門的瞬間，家裡應該飄蕩著咖啡香氣吧。「你要喝吧？」春香肯定是邊期待看見丈夫哭泣的臉龐邊開口這麼問。不過阿琉呢，已經沒在哭了，大概是一邊啜飲著好喝的芒果汁，還想著這杯喝完以後不知道能不能跟媽咪再要一杯，還是拜託爸比的話就能喝到呢，約莫就是在想這些吧。

那時的鑄鐵鍋

吉祥寺站前已經與從前大不相同。

下午一點，甲府雖然很熱，但這裡也相去不遠。在圓環東找西看好一會兒，三千枝終於搭上了預定要坐的公車。凝視著車窗外的景色，一邊翻找著過去的記憶，在口中喃喃念著要下車的站名。

在一片新建住宅當中，只有這古老的兩層樓建築一如過往佇立於此。大門的鎖就跟學生時代一樣始終開著，從玄關泥土地上的鞋子數量看來，三千枝應該是最後到的。

「午安——」

三千枝朝著裡面喊，擦著汗往走廊方向去。屋子裡面也還跟記憶中一樣，陰暗、沒有外面那麼熱，有一股熟悉的氣味。這個家的氣味——或者說是以前住在這裡的大槪湊的氣味。前方突然冒出了一張臉。

「三千枝？」

「哇！惠理？」

大家如今聚在以前一起瞎混的房間裡。惠理、純子、好之還有圭一。是電影社團「隨便你啦」的社員。在大學剛畢業那幾年，大家還曾經一年約一次見面，但是各自走上人生道路以後逐漸疏遠，最後一次見面應該是三千枝的婚禮，所以這是暌違三十年的聚會。所有人都已年屆花甲。

「大家都沒怎麼變呢。」

三千枝提聲說著。

「大家都這麼說。」

「這是大人的禮儀。」

一張張因為淹沒在皺紋裡而五官顯得有些模糊的臉孔接二連三回應著。實際上當然不可能「完全沒變」，不過夥伴之間的氣氛倒是馬上就一如以往了。

房間裡也跟過去一樣一點沒變，填滿牆壁的書櫃；把書架塞滿還不夠，放得到處都是的書、ＤＶＤ和ＣＤ——該不會這個也完全沒變吧？大家三言兩語討論著——那要壞不壞的空調正發出喀噠喀噠讓人心慌的聲音，吐出微弱的涼涼空氣。

「沒辦法……上香對吧。」

「這邊有照片耶。」

一個書櫃的中間層，有張明信片大小的黑白照片裝在木框裡，看起來似乎是最近的照片。和學生時代一樣留到耳下的長髮幾乎都成了白色，一張初老的臉孔看來笑得挺愉快。以前的湊不太會讓人看到他這種樣子。

「這是誰擺的？」

「來的時候就有了，搞不好是他自己準備的。」

「畢竟是湊，挺有可能的。」

大概一個月前，湊因為肺癌過世了。因為大家一直都沒有聯絡彼此，所以也不知道他生病了。

湊在大學畢業後曾在幾間公司工作，後來成了電影評論家。畢竟那樣沒辦法過活，所以好像也有在打工，不過我偶爾會在週刊雜誌還有網路上的電影評論專欄看見他的名字。據說他知道自己死期將至的時候留下遺言，說要把數量龐大的書籍和 DVD 收藏都讓給社團的同學們。所以今天能來的人就都來了。這也是湊的遺言，畢竟沒有守靈也沒有辦公祭，今天就權充代替這些儀式了。

當時的社團社長是好之，告知他湊的死訊和遺言這些事情的，是湊在週刊雜誌電影評論連載的責任編輯。那個人好像晚點也會過來。

「搞什麼啊，這麼早就走了……也太快了吧。」

三千枝朝著照片雙手合十說著。與其他社員相比，三千枝的心中多了些甜蜜又痛苦的回憶。

他是非常沉穩的男人。

用一種彷彿朗讀般的語氣，淡淡地述說自己對於觀賞電影的感動，有時候是失望。如果有人反駁，他就會「喔？」似乎相當困擾地微微一笑，卻也不會再多說些什麼。就像是輕輕帶上門，把自己關在裡面。與人往來的狀況並不是很好，不管是電影放映會、聚餐還是外宿，要是他心情不好就不會來。話雖如此也不是難以相處，不管是學長姐還是學弟妹都喜歡他。大家看待他與其說是跟一個人類往來，不如說是照顧動物。湊如果笑了或者很難得講了許多話，大家就覺得像是平常不給好臉色的動物突然撒嬌了一樣令人高興。

三千枝表示自己和其他社員一樣，在大學畢業以後就沒來過這間屋子。但其實在剛結婚沒多久的時候，她來拜訪過湊。與其說是拜訪，根本就是硬闖來。從甲府那邊的家跑出來搭上中央線，到吉祥寺下車以後在站前打電話給湊。

那時候是冬天，冬季的陰天。雖然記憶中是這樣的，不過與其說那天天氣是那樣，還不如說那時候的心情一直都是那種感覺比較對。三千枝是在三十歲結婚的。就職沒多久就開始跟同時期進公司的男人交往，卻遭到背叛（他在三千枝跟學生時代起的女朋友之間腳踏兩條船），於是死命抓著咖啡廳來搭訕自己的男人不放。那個人就是丈夫琢也。後來才想著，那時根本是因為一心想著那個劈腿男早晚會求婚結果失策，當時非常急著要結婚才會如此。

這個人絕對不會背叛我。明明是深信如此才結了婚，但婚後又三番兩次想著不背叛又如何呢？完全沒辦法跟琢也聊電影也沒辦法聊書籍，他能稱得上是興趣的也就只有圍棋了。原先覺得他溫柔又有些傲氣這點讓人喜愛，但根本只是沒有把心思放在我身上而已吧？三千枝忍不住如此想著。結婚的時候是住在三鷹市的公寓，不過因為丈夫轉職所以就搬到甲府去，那個盆地夏季炎熱冬季寒冷，有種被關在裡面的感覺。

三千枝喜歡吃美食，也很擅長做菜，但是不管做了什麼，琢也都不會抱怨，也不會稱讚好吃。有一天三千枝做了洋蔥燉肋排。靈感一上來，覺得既然多出這麼多美味湯汁，那第二天可以加入蘿蔔和馬鈴薯做成一鍋關東煮吧。結果那些高湯被琢也倒掉了。大清早覺得渴所以下來廚房喝水的時候，琢也居然一臉得意地跟自己說「我覺得鍋子裡留著東西不乾淨」就把裡面的湯倒進流理台水槽了。三千枝二話不說走出家門。

然後就這樣朝著大槻湊家去。

「有《破門》耶，誰要？」

沒有人舉手，所以三千枝舉了手。結果就變成「那貝爾蒙多[1]的都給三千枝囉」。結果高達也全拿了，維斯康堤給好之、塔可夫斯基是圭一、阿莫多瓦讓純子拿、科恩兄弟給惠理[2]。學生時代或許大家會你搶我奪，但現在就是互相推讓、輕鬆決定。雖然覺得這是湊的遺物，當然也是想放在自己手邊，不過如今就連網路上都能看到許多老電影了，實在不想帶一大堆笨重的ＤＶＤ回去，約莫如此。大概也已經沒有人像那時熱中電影了吧。這就是歲月啊，三千枝想。

「好熱啊。」

吐出彷彿藉口般的話語之後起身，三千枝跨向走廊另一邊的狹窄廚房。

這裡倒是意外整潔。以前就跟剛才那間和室一樣，塞滿了餐具、烹調工具、調味料、辛香料、各種瓶瓶罐罐，如今卻都整理過了，感覺就是能輕鬆下廚的地方。他明明一直獨居，應該也沒有錢雇人來幫忙，但可以感受到有某個喜歡整齊的人來整理過。湊從學生時代起，廚藝確實是相當專業的。學生時代他就常做菜給我們吃，或許晚年也曾為了誰而下廚吧。從這間廚房的樣子看來，感覺起來應該有人跟他一起住——

三千枝是為了找某樣東西才過來這裡的，而且馬上就找到了。就在用來當成烹飪台的木製櫥櫃第二層，和其他鍋子與平底鍋放在一起。那是法國製的鑄鐵鍋。這商品有很多尺寸，不過放在這裡的是直徑十九公分橢圓形，跟三千枝的那個同款。

1 《破門》的主演演員。
2 此處提到的皆是導演。

三千枝的那口鍋，是湊送的結婚賀禮。除了其他社員以外，當然也有邀請湊來參加婚禮，不過湊回覆說他會缺席。但是他除了祝賀信以外還寄了那鑄鐵鍋來。

這件事情，對於那時候的三千枝來說有著特別的意義。不——因為對丈夫感到失望，所以湊沒有來結婚典禮卻送了鍋子這件事情，便有了特別的意義。讓她離家出走的那鍋洋蔥燉肋排，就是用那鑄鐵鍋做的。那天自己的憤怒與失望，甚至可以說是絕望，或許也跟丈夫倒掉的湯是裝在那個鑄鐵鍋裡有關吧，三千枝想著。

「抱歉，拜託，讓我在這邊待一陣子。」

那天離家出走來到這屋子的三千枝如此懇求著。

「咦～？」

湊還是那種微微的笑容。但他沒有關上門，而是讓三千枝進入屋子裡。那是個略有涼意的下午。因為他問了自己離家出走的理由，三千枝就說了是丈夫把高湯倒掉。「咦～？」湊還是微笑著。畢竟他並沒有開口問自己又是為何來到此處，所以三千枝也沒有說那湯是裝在鑄鐵鍋裡的。

之後兩個人就一直聊電影。家裡的罐裝啤酒都喝完了，湊又把「珍藏的」紅酒給打開。太陽下山以後他煮了飯、炒了個蔬菜又做了味噌湯，兩個人一起享用。吃完飯幫忙把餐具拿去廚房的時候，三千枝發現放在地板上的那些鍋子裡，有個和自己收到的鑄鐵鍋同款的鍋子。他居然送了同款的鍋子。這樣一想，就覺得心跳快了起來。但是——不過如此罷了。之後兩個人還是一直聊電影。然後又繼續喝比第一罐來得便宜許多的紅酒，不過湊原來有刻意控制在不要醉到某個程度以上——或者應該說，不讓三千枝喝醉的程度。夜深了，三千枝去個洗手間回來，就發現酒和杯子都已經收拾好，放在那裡的是一床棉被。房間只有一間、棉被也只有一組，湊說自己睡廚房之後就走出房間。然後就在她眼前輕輕但非常確實地把門帶上，三千枝一步也無法動彈。

第二天他送自己到車站，離家出走就這樣結束了。說是去學生時代朋友家住了一夜，丈夫沒有多心便接受了這個說明，輕輕鬆鬆恢復日常生活，而一旦回到軌道上，又覺得因為那種事情就離家出走真的非常愚蠢，自己對於湊那種心情應該也不過就像是短暫的感冒罷了。

但若那天晚上發生了點什麼？在往後的人生中，這個念頭偶爾就會閃過三千枝的心頭。現在也在想著這件事情。那天晚上如果和湊發生了關係，那麼我現在應該走在完全不同的人生道路上吧。不會像現在這樣久違三十年來到此處，而是在這屋子裡等待其他社員來訪。

門鈴響了。

大家一瞬間看了看彼此，總覺得太過出其不意。該不會是湊吧？惠理半開玩笑地說著，三千枝心裡也這麼想。

好之走向大門，和一名男性一起走進來。這時候大家才想起應該有位編輯會過來的事情。一位七十來歲、個子很高的人，說他姓城之內，頂上沒剩多少的頭髮已全部花白。打招呼的時候瞇起了銀框眼鏡後方的眼睛。其他人也紛紛自我介紹——雖然城之內先生應該不可能記得每個人的名字吧——總之大家繼續分配房裡的ＤＶＤ好一陣子。城之內先生完美掌握了房間的哪處有什麼東西、對於電影相關知識也相當博學，從房間裡各角落挖出了許多不熱賣的名作。

「器皿也有很多，方便的話就請帶走吧。」

DVD處理到一個段落，在城之內先生引領下，大家一起走向廚房。在這個架子上的東西，大家喜歡就拿走吧。在他的催促下大家紛紛伸手，他還介紹著這是古伊萬里、那是法國的泥釉等等，城之內先生一律盡可能說明。重新看了看此處，那個人辛勤收集來的都是些相當有興味的器皿。不管是學生時代的湊，或者後來見到面的時候，都看不出來他對器皿有如此強烈的喜好。是後來的日子才傾心的嗎？或者是受到城之內先生的影響呢？把這廚房整裡得井井有條的是不是就是城之內先生呢？這是三千枝的感受。

大家還是有些客氣，都選了些不怎麼昂貴的小盤小碗。如果說自己想要那鑄鐵鍋，大家會不會覺得很奇怪呢？不，明明家裡就有鑄鐵鍋了還拿個一樣的回去，丈夫應該會覺得奇怪吧。三千枝一邊想著這些，又忍不住看了看城之內。他就站在廚房入口，背對著大家。他的背影似乎述說著什麼，三千枝走了過去。

「那個……城之內先生，方便講話嗎？」

「咦？」

看見身子震了一下後回頭的城之內，三千枝也一臉錯愕。他鼻子都紅了、雙眼都是淚水。真抱歉。三千枝連忙道歉。

「沒事……總覺得在這裡就想起許多事情呢。」

城之內像個孩子似地用兩手擦著眼淚。

「器皿跟DVD那些……城之內先生要不要也挑一些走呢？」

「留給我的已經夠多了。」

城之內止住哭泣微笑著。

「這個家留給我了。」

「哎呀，是這樣啊。」

「您可能也知道，這原先是他叔母夫妻的房子。他們住在鄉下，相繼過世以後在五年前成了他的房子。現在他也走了，房子就成了我的，這是先前就講好的事情。真是的，居然把這破房子塞給我……」

城之內哽咽了起來。淚水再次浮上眼眶。

「託他的福，我也不能隨便就死了，還活著的時候就得住在這裡才行。」

三千枝點點頭。哎呀，這樣啊，原來是這樣啊，總覺得很多事情得到了答案。有種清水流過，把沉澱在身體每個角落的東西緩緩沖刷掉的感覺。

傍晚時分，「隨便你啦」的社員們離開了大槻湊的屋子。城之內先生說他還會再待一會兒，走到家門外揮手目送大家離開。原來如此啊，應該就是那樣吧，大家走到車站的路上還是這麼說。想來每個人心中應該都有某種東西被洗掉了吧。三千枝想，大家應該都跟我一樣，覺得今天有過來一趟真是太好了。

在吉祥寺站只有三千枝一個人搭北上的車。再會囉。下次見囉。設個LINE群組吧。要聯絡喔。你來我往說的這些話，有多少會實現呢？大家抱持著有些寂寞又有些好笑的心情在月台上分道揚鑣。坐在空下來的長椅上剛要查詢從立川站出發的特快車時間，手機就響了起來。

「還要很久嗎？」

是琢也。大概是太陽快要下山了，他的聲音聽起來有些不安。丈夫是在當地的建設公司上班，現在到隔壁市的展示屋去當分店長，今天他休假所以一早就待在家裡。

「結束了。我現在在吉祥寺站內，應該可以搭到五點二十四分的梓號列車。」

「那應該七點前就會到家了。妳要回來吃晚飯吧？我會做。」

「謝謝，今晚要吃什麼啊？」

「等妳回來就知道囉。」

路上小心。琢也說完便掛了電話。在快要退休之前，他自己開口提說週末的晚餐由他負責。不知道是在公司有誰提到了，還是在網路上看到什麼，總之他突然就是想這麼做。原本覺得有點不安而且麻煩，想著反正應該一兩次之後他就不會再做了吧所以放任他去動手，結果沒想到他竟然持續做下來，甚至還努力看起了食譜書，現在也能做出相當不錯的東西。等妳回來就知道囉。回想起剛才丈夫的語氣，三千枝忍不住噗哧一笑。那可是三十年前腦子也不動一下就把高湯給倒掉的人呢……要是那天離家出走就沒回去，那麼也不會有今天的到來。那天和湊講了一整晚的電影，隔天帶著有點寂寞的心情回家，之後歷經了漫長歲月，如今卻非常期待丈夫要做的料理，而準備踏上歸途，三千枝覺得這樣實在挺神奇的。

「我回來了。」

回到家的時候天完全黑了，門前的頂燈已經亮起。一開門就香氣四溢，應該是用了番茄做的燉煮料理吧。

「妳回來啦。」

琢也還在廚房忙碌奮鬥著，只有用聲音回應。

三千枝上了二樓換好衣服回到餐廳，桌子上已經擺好了。生菜沙拉、馬鈴薯泥、番茄燉帶骨雞腿肉。番茄燉煮料理在鑄鐵鍋裡咕嘟咕嘟作響，鎮坐在桌面中央。甚至還有放了法國麵包的盤子以及紅酒。

「真厲害，感覺好像在慶祝什麼呢。」

「燉東西的時候用上了紅酒，想說難得嘛就買了好一點的。」

琢也正經八百地將紅酒倒進杯內並且乾杯。這個人簡直就像是知道我今天心中的一切想法，三千枝思索著。雖然根本不可能，不過從我接到湊過世消息那天到今天早上的樣子，或許從中察覺了什麼也不一定。畢竟都住在一起三十年了，還是會有這點敏銳度的——畢竟我也是。

「真好吃，你又進步了呢。」

三千枝打從內心稱讚著。

「應該是選食譜的功力更上一層樓了。」

琢也一臉「才沒那回事」地笑著。

「醬汁剩下來的話，明天中午做義大利麵吧。」

三千枝又忍不住呵呵笑了起來。

然後想起自己帶回來的東西，起身去拿。她選的是有些古老、據說來自法國的西洋盤子，有兩個。明天的義大利麵用這盤子裝應該很棒吧。也想拿ＤＶＤ讓丈夫看看。最近偶爾兩個人會在晚餐後一起看電影。

鑄鐵鍋還是擺在那屋子裡比較好，自己又不需要兩個。那鑄鐵鍋想必城之內先生會非常珍惜地使用。

水餃桌

我們一家人都喜歡吃水餃。

要自己從皮開始做起的那種。爸媽在新婚時期去旅行時剛好踏進某間店，因為實在太好吃了就拜託人家說出食譜，後來媽就會自己做。媽非常擅長做菜。

爸是建築師。養大我的那房子就是爸的設計，為了媽所以做了個非常寬敞的廚房。正中央有個木製的烹調台。聽說那原先是爸在學生時期用的東西，就算後來有了正式的製圖用桌，還有丹麥製的雙邊抽屜書桌，也仍舊不想把這張桌子給丟了，所以就留給媽。

媽就是在那張桌子上擀水餃皮。其他使用那張桌子的時機大概就只有稍微放一下熱騰騰的土鍋，所以幾乎可以說是水餃專用桌。媽會先把一個專用的大砧板放在桌上，撒上粉以後把加了水的麵粉糰丟上去。

媽將麵糰丟了又丟、用盡全力揉那麵糰，老舊的桌子就跟著喀噠喀噠、嘎吱作響。我們一家人就算不在廚房，只要在家裡的某個角落聽見那聲音就會知道，哎呀今天晚上吃水餃啊。我通常都是在自己二樓的房間聽著那聲音，大概每個月兩到三次，大多在週末晚上。

但從某個時期起，就再也聽不到那個聲音了。我想應該是我十八、九歲的時候。那時候長我七歲的姊姊住在國外，而我週末的時候也經常跟朋友或女朋友度過。而最重大的理由，是父親離家了。那是我十九歲的時候。

原因是爸出軌，對方是在爸事務所打工的年輕女孩。媽知道他們的事情以後，爸拚命道歉。女孩沒多久後辭掉打工，爸也乾脆地跟她分手了，我想應該是真的，但是媽卻不肯原諒爸。

我最後一次聽見那張桌子在母親搖晃下發出喀噠喀噠嘎吱聲是什麼時候呢？

最後一次，應該是姊姊也在家，一家四口都在的時候吧？還是姊姊不在、爸仍在，也還沒發現爸出軌的事情，我和爸媽三人一起吃水餃呢？不記得這件事情，想必是因為當下根本沒想過那會是最後一次吧。我當時聽著那喀噠喀噠嘎吱聲，應該也完全沒有料到再也不會聽見那個聲音。

我的腦中就是這些事情——同時低頭看著媽躺在床上。媽八十歲了，為了抑制癌症帶來的疼痛，正用點滴注射著嗎啡，幾乎都不會醒來。醫生說剩不到一星期了。

「哎呀，你來啦。」

病房的門打開，走進來的是姊姊。她單身，知道媽生病之後就回老家來照顧媽。

「還沒吃飯吧？」

姊姊脫下那件接近橘色、讓身材高大又有著鮮明五官的她更加醒目的駝色外套放在椅子上，開口問我。我和姊姊去醫院裡的餐廳吃飯，畢竟我是從事務所——我和爸做一樣的工作——直接過來醫院的，回神才發現自己確實餓了。

「小航今天晚餐怎麼辦？」

姊姊在電梯裡問起我十二歲的兒子。

「我做了幾樣便菜放在冰箱裡，他自己在家的時候可以拿喜歡的吃，煮飯的話他自己也行的。」

「你們兩個男人也真是努力哪。」

我第一次走進醫院餐廳，已經過了晚上六點，寬敞的店裡只有零星幾個客人。這間是中華料理的連鎖店，翻開菜單發現有水餃，所以我馬上點了這個。

另外還點了口水雞、美乃滋鮮蝦、糖醋排骨之類的，一邊喝啤酒一邊等上菜，第一道送上桌的就是水餃。

「不一樣呢。」

姊姊吃了一個之後說道，我知道她也想起了媽的水餃。

「應該是皮不一樣吧。」

我回她。媽的水餃皮更加扎實，比內餡還要有風味。我又想起那聲音。

「姊妳記得最後一次吃媽的水餃是什麼時候嗎？」

「我去美國前一天的晚餐就是水餃啊。」

「咦，是喔。」

我不記得。畢竟原先預定姊姊去美國就是一個月的事情，所以並不特別覺得要分開會很寂寞還是很羨慕之類的。沒想到她這一去卻因為各種因素就這樣不斷延長滯留時間，結果十年都沒回來。

「啊，不過有一次我過年回來的時候，媽有做水餃喔。」

「對耶，我想起來了。那時候老爸已經不在了吧，所以那應該是最後一次囉。」

但我還是沒有印象當時有沒有聽見那個聲音。說起來那也不是多麼特別的聲音——當它還存在於日常生活中的時候。

「幹嘛一臉難受想哭啊。」

姊姊刻意含糊鬧我，但是後來卻把糖醋排骨分到我的盤子裡——她平常才不會做這種事情——所以我想姊姊大概也有點「難受想哭」吧。雖然跟媽越來越嚴重的那些日子相比，如今她與疾病的抗爭已經走到最後一段路上，反而有種安穩感。

「要再叫一瓶啤酒嗎？」

姊姊問。

「這樣好嗎？」

「沒關係啦，媽也一定會要我們愛喝就喝。」

姊姊倒是說得很隨興，所以我們點了第二瓶啤酒。

「昨天夏子有來喔。」

那第二瓶酒喝到一半的時候，姊姊突然開口。

「咦？」

我嚇了一跳。夏子是我太太，她一個人外派到大阪。她知道媽病了，我也有告訴她沒多少時間了，但我不知道她有要回來。

「說是住在日租公寓。」

「咦？什麼意思啊。」

「她說她會聯絡……還沒說嗎。」

姊姊一臉打趣而非擔心，她跟夏子感情很好，現在大概比我和太太的感情還好。

「說起來只有我的話也就算了，都來東京了怎麼也沒跟兒子見個面。」

「小航跟夏子每天都有傳LINE訊息吧，搞不好他們今天晚上在一起。」

「不會吧……搞什麼，怎麼只有我一個人狀況外。」

「可能是遺傳吧。」

「我可沒有外遇喔。」

這是真的。結婚以後我和太太以外的女性完全沒有發生過什麼，也不曾想過要發生什麼。我只是反對夏子自己外派而已，我不喜歡一家人聚少離多。同時我也知道她覺得自己的工作很有意義、所以非常努力，卻對她脫口說出要不要乾脆辭職，還說有我的薪水就夠生活了。結果夏子非常生氣，怒火中燒地去了大阪。我雖然有道歉，但她還沒有原諒我。這點我倒是和爸一樣。

「明明在東京幹嘛去住日租公寓啊，也太過分了。」

我拿起啤酒瓶往自己的杯子倒，但瓶子已經空了。好啦，該回病房囉，事到如今姊姊居然還擺出姊姊的面孔。

「啊？……啊！」

我猛然站起身。眼睛盯著從餐廳窗戶外走過的那個人。

那絕對是爸。

餐廳結帳讓我們大約比爸晚了一班電梯的時間，我和姊才來到媽病房所在的七樓。

我正要快步走向病房，卻被姊姊擋下。病房走廊外有一個放了沙發和小小書架的「談話區」，姊姊拉我到那裡坐下。如果離開母親病房要搭電梯，肯定會從這裡經過。姊說我們在這裡等爸出來吧，讓他能和母親獨自在病房裡。

「姊，是妳跟爸說的嗎？」

「是啊。」

不行嗎？姊姊一臉這樣的表情。

「不……唉，也好啦。」

姊姊看著我聳了聳肩，微微一笑。好像在跟我說，你長大了呢。當然啊，我都四十五歲了。怒吼著爸很髒、把盤子上的吐司麵包丟到地板上，都已經是至少二十五年前的事情了——我後來有承認那時確實是因為從餐桌丟到地板會造成最小傷害的就是那吐司麵包。而且其實爸離開以後我有見過他兩次。兩次都是互相絞盡腦汁找話題然後冷汗流了一小時，所以後來就學乖了不再見面。

「啊，爸。」

姊姊站起身。爸沒有發現我們在一旁的談話室，正要直接走過去。姊姊追上拍了拍他的肩膀，他才回頭。

我有點驚訝——爸的臉上一把鼻涕一把眼淚。爸眨了眨眼睛，就像是擋風玻璃雨刷動了動的感覺。喃喃說著你們在啊。

「在啊。」

我有些慌張，回了個笨答案。一邊想著姊那件顏色花俏的外套還擺在病房裡耶，居然沒發現。

姊姊讓爸在談話區的沙發坐下。爸為了擦個臉而在口袋和包包裡拚命翻找手帕，結果還是找不著，姊姊拿出自己的手帕。

「好久不見啊。」

爸抬起那張明明擦乾卻還是這邊紅一塊那邊腫一塊的臉，看向我說著。我忍不住噗哧一笑。姊姊跟著笑了出來，爸也略略一笑。這起了毛球的黑色高領毛衣、棉布長褲加上黑色外套的樣子確實就是我記憶中的父親，但整個人縮小了一圈，頭髮和鬍鬚也都成了白色。

「那個啊，你們媽媽剛才有稍微醒了一下。」

爸說著。我和姊姊看了看彼此，等他繼續說下去。

「然後啊，我就喊她蕗子啊。媽媽她就那麼微微一笑。」

爸一邊說著又紅了眼眶，我和姊姊再次看向彼此。

「姊，妳可以再做一次那個表情嗎？」

「啊？什麼那個表情。」

「剛才我問說是妳跟爸說了媽的事情吧，唉也好啦。然後妳不是笑了嗎？就是那個表情。」

「我笑了嗎？這樣？」

姊姊扭了扭嘴角，擠出奇怪的笑容。

「爸，是這樣的嗎？媽的『微微一笑』。」

我問。

「嗯，對。就是這種表情。你媽就是這樣朝我笑的。」

爸像個孩子似地放聲大哭。

「那應該……表示是原諒你了吧。」

我這麼說著。

「應該是呢。」

姊姊也表示同意。爸哭得更誇張。

之後我們一起回到媽的病房——爸在姊的勸說下也一起回來了。我們搬了折疊椅排在媽的病床旁邊，之後半小時一邊看著媽睡著的臉龐、有一句沒一句地聊著。

我原本想要問父親是否記得，最後一次聽見母親做水餃的聲音是什麼時候。結果沒問。畢竟這就是姊說的「難受想哭」的問題，好不容易才停住眼淚的爸肯定又會哭起來。媽那天晚上沒有再次醒來。我們三人離開醫院，我和姊要去車站，跟在院前迴轉區搭計程車的爸分道揚鑣。

「他是說真的嗎?我是說媽醒來的事情。」

我一邊走上月台階梯一邊說著。

「會不會是爸的妄想?」

姊姊笑了。

「還說微微一笑呢，搞不好是真的？」

「媽原諒他了嗎。」

「搞不好是絕對不原諒你咧。但總不能這樣跟爸說。」

我們一起笑了出來。姊姊要搭的電車駛進月台，她道了聲「再會」就衝上車。

媽第二天走了。

我沒把車停去停車場，而是靠在矮牆前。

打開後車廂，裡面放了桌子。

雖然我想拉出來，但畢竟塞進去的時候姊姊也在，兩個人一起才硬塞進去，一個人實在是拉不動。沒辦法了，只好打開家門喊了聲：

「喂！」

因為是星期天，小航先啪噠啪噠地從走廊跑來，看見跟了過來的夏子，我鬆了口氣、也有點緊張。

大概一星期前，太太回到家中，她的外派期間結束了。大阪分店的問題靠著她的手腕順利解決，所以又把她調回了東京。妻子是說「為了早點回來我可是很拚的」。那不是單純為了小航，同時多少也為了我對吧？這話我雖然想問卻還沒能問出口。她不是去住日租公寓而是回到家裡，而且還願意跟我睡在同一個臥室裡實在謝天謝地，但感情好的夫妻在臥室裡面會做的事情一直沒有發生，彼此也有種在試探對方要怎麼出手的感覺，面對面還是有些尷尬。

「抱歉，可以幫一下忙嗎？」

只能含糊問著。

「到底是搬了什麼回來啊?」

夏子問。太太和兒子一起走出門外。

「這個我實在是不想丟。」

塞在後車廂的是老家廚房裡那個調理台,就是那張水餃專用桌。母親已經過世一年多,我們要賣掉老家,所以這幾個月我和姊姊能去的時候就會過去整理東西,今天是最後一天。除了貼有我們孩提時代照片的相簿、喜歡收集器皿的母親的餐具收藏等比較特別的東西,幾乎都處理掉了。但這張桌子我決定要帶回來——「真是難受想哭啊」姊姊又這麼說我。

「咦?這不是那個水餃專用桌嗎?」

夏子探頭看向後車廂說著，讓我嚇了一跳。

「妳知道？我有說過嗎？」

「你不記得啦？有一次我去跟婆婆學過怎麼做水餃啊。因為她做給我們吃的水餃實在太好吃了。她教得很仔細，但對我來說還是太難，所以後來就沒做了。」

「這樣啊？」

的確是有這回事呢，我也想起來了。記得那時候夏子還帶了堆積如山的「上課」成果回來，我們喝著啤酒吃掉那些水餃。媽包的水餃和夏子包的水餃形狀有著天壤之別，那時才五歲的小航還一個個確認了才吃，夏子嘟著嘴巴、讓我笑了出來。

「這張桌子的聲音真的很誇張呢。」

我們合力把桌子從後車廂拖出來，放在地面上，小航看著「哇～」地驚嘆。

「好有味道、好酷喔。爸，這要放哪啊？」

「呃……我還沒決定。」

「廚房放不下喔。」

夏子說。沒錯，這我也知道，我家廚房不管怎麼騰都不可能有那個空間。完全沒考慮後果就把東西帶回來了。

「可以給我嗎？」

小航跳著問。

所以那張桌子現在放在小航的房間。

他自己搬了家具——本想幫忙卻被拒絕——順利把那桌子擠進床舖和原先的書桌之間。

兒子將來的夢想是成為漫畫家。大概兩年前左右他就開始模仿著用墨水和沾水筆畫畫。「水餃專用桌」如今成了他畫漫畫專用的桌子。

有天晚上我發現了，不，是我和夏子都發現了。二樓傳來那個聲音，喀噠喀噠、嘎吱。兒子在那桌子上擦橡皮擦的聲音。我忍不住看向妻子，我們是一起坐在沙發上的，妻子也看向我，然後她微微一笑。

我也回以相同的笑容——雖然我沒辦法像妻子跟姊姊一樣做出那種表情，但我的內心確實是微微一笑。以前爸慣用的桌子，後來成為母親用的桌子，她在做水餃皮的時候發出喀噠喀噠、嘎吱聲的那張桌子，如今成為我兒子的東西，發出了一樣的聲音。感覺有些愉快、又有些感傷。

然後我又發現了另一件事情——我和妻子之間那種尷尬氣氛，不知何時已經消失無蹤。開個水餃派對好了，在興頭上我這麼想著。雖然沒辦法用那張桌子，但我們可以在自家餐桌上捏水餃皮、包水餃。我跟太太和兒子，還要叫上姊姊，以及爸。

尋找生鏽鐵釘

「哎呀~有耶，好多呢。」

醫生說話的語氣似乎很高興。他是個看起來跟雅章年紀相去不遠的年輕醫師。超音波檢查結束之後，回到診療室重新聆聽說明。尿道結石，就是左腰突發劇痛的原因。聽說這個病是尿裡面的某些成分之類的固化變成石頭，然後卡住尿液的道路所以產生的疼痛。

「這個會有生命危險嗎？」

「哎呀倒是不會啦，就是很痛。」

先鬆了口氣，不過真的很痛。石頭如果夠大就可以用雷射打碎，但以雅章來說，檢查的時候看到的石頭大小似乎是只能等著它自然排泄掉。

「自然……大概要多久啊？」

「這就完全看人了。我會開止痛藥，反正要多喝水。」

總覺得好像是被拋棄了似地走出診所。才剛十二月，略略溫暖不太像是冬天。在藥局拿了止痛藥還有可以幫助排尿還是什麼之類的，感覺只是吃安心的。雅章因為太痛根本使不上力，只好叫了計程車回公寓。剛過十一點。昨天晚上開始痛的，邊流冷汗邊忍了一晚，一大清早就去了診所。畢竟是初診，所以在候診室也等了一會兒，但原本以為只要給醫生看過了就能夠從這個痛苦中得到解脫，沒想到一點都不用擔心、但是疼痛也一點都沒有減輕，怎麼會這樣啊。

毫無食慾不過醫生給的藥必須餐後吃——雅章相當謹慎，這種事情沒有好好遵守就會覺得非常不安——所以把買來當點心的甜麵包與牛奶塞下肚。吃下止痛藥沒多久之後，或許是心情上比較輕鬆吧，覺得疼痛似乎好了那麼一點點，決定打電話給千秋。雖然並不是特別想要打這通電話，不過昨天晚上畢竟變成中途拋下她的情況，還是得打過去。

「啊~來啦。怎樣？」

她雖然開口問了自己的身體狀況，但好像不怎麼擔心。千秋在隔壁站的大型園藝店工作，雖然是工作中，不過現在——對雅章來說有點遺憾的是——講電話沒問題。

「尿道結石？那會有生命危險嗎？」

千秋問的問題跟雅章問醫生的完全一樣。

「不會有生命危險，但還是很痛。說只能等石頭自然掉落。」

喔。千秋回應得相當無所謂。

「然後呢？」

「咦？」

「昨天話題的後續啊。你覺得如何？應該要怎麼辦？」

雅章慌了一下，他什麼也沒想。當然本來就應該會講到這件事情的，但原本還想著是不是能靠尿道結石的事情稍微往後推一下。

「呃，抱歉，我還沒想。」

就老實說吧。附帶藉口是因為太痛了實在無法思考。喔。千秋的聲音聽起來比剛才還要冷淡些。

「對雅章來說，並不是一定要思考的事情就是了。」

「咦？不……」

「那你決定以後再聯絡我。我沒辦法等那麼久，麻煩你了。」

電話被掛了，她應該是生氣了吧？是我惹她生氣了對吧。雅章想著。因為被「沒辦法等那麼久」這句狠話（？）給刺到，總覺得又變得更痛了。

雅章在大概兩年前認識千秋。他從高中時期就一直畫、一直投稿漫畫，到了三十歲終於拿到漫畫雜誌新人獎的那天晚上，當時他在一間小小的印刷公司工作，下班後跟同事們一起去居酒屋慶祝，醉到不行，回到離公寓最近的那個車站時見到千秋，藉著酒醉大起膽子搭訕。

雖然是距離浪漫感非常遙遠的相遇，但兩人意外合得來，也沒什麼吵架就這樣交往到今天。千秋個子嬌小眼睛大、感覺輕飄飄又圓融，非常可愛，性格上落落大方，以前雅章交往的女孩也大多是這樣的，不會刻意使性子或哭泣這點他也覺得很好，說來就是相處起來輕鬆愉快吧。

大概半年前雅章就辭掉工作，完全靠畫漫畫來過活，千秋也會在有空的時候當他的助手（她高中時代也曾經是「漫研社」的）。因為這樣，兩人在一起的時間增加了，但仍然沒有覺得有哪裡不好，所以甚至開始想著再多賺點錢就搬到大一點的屋子去，應該也可以兩人住在一起，淡淡覺得既然如此那乾脆就結婚了吧。兩個人喝著酒就這樣講上了興頭——雖然也覺得每次都趁著酒興才講，好像是自己的問題——總之就是被提點了這件事情。應該不錯吧。那時候千秋也和雅章用一樣輕鬆的語氣說著這件事情。

但是天有不測風雲，就在昨天。沒有提示也沒有用任何暗喻的手法，千秋就說她懷孕了。跟下班回家的千秋約在車站前，就在兩人坐在常去的居酒屋面對面的時候。平常都是拿啤酒乾杯的，千秋卻點了烏龍茶，問她說是不是身體不舒服，結果她說：「啊對了應該要現在講才行，那我說囉。」接著開誠布公：「我懷孕了。」

「咦？是喔？」

雅章愣愣地回答。

「是喔。」

千秋也語氣平靜。店家送上了生啤酒和烏龍茶，兩人一如往常舉杯乾杯。

「要怎麼辦呢？」

千秋咕嘟咕嘟喝下烏龍茶，然後開口問。彷彿只是在問下次假日要幹嘛？雅章也大口喝下啤酒。就在這瞬間，左側腹忽然有猛烈的疼痛襲來。千秋一開始還想說是開玩笑，或者這是他表達某種情緒的方式，但知道是真的在痛以後，那天也只能打住。千秋本想跟平常一樣喝完酒去雅章的公寓，但因為實在太痛了，雅章希望自己一個人，所以婉拒了千秋。原本覺得很害怕、畢竟可是這輩子最痛的一次，然而獨自回到公寓以後，內心又開始懷疑該不會是什麼精神性的問題。是不是只要遠離千秋——或者說遠離懷孕女性就會治好。搞不好千秋也是這麼想的，所以剛才的電話內容才會變成那樣。

懷孕。

也就是我的孩子要出生了，我要為人父了，我和千秋要成為爸媽了。如果要生下小孩的話，當然就要結婚吧。姑且不論戶籍是否要轉移，總之會變成一個單位。也就是我會有新的家人。

對雅章來說，這個狀態是一個黑色漩渦。定睛一看裡面或許也能看見紅黃綠等其他顏色，但黑色還是最多的。倒也不能說是討厭。但是很害怕、很恐怖，當然結婚也是沒什麼問題的啦。雅章如此告訴自己。只是沒有想過會這麼突然，一直覺得會有個適當的時機，那個時間點是自己決定的，從沒想過會從天而降。明明有避孕啊，但也不是沒有個底。應該是兩個人都醉倒的那天晚上吧，哎呀又是酒，都是酒害的。

就在此時，手機響了。膽戰心驚地拿起來，打來的是現在連載漫畫的月刊雜誌責任編輯。

「恭喜你！上個月的讀者問卷投票得到第一名！」

「真的嗎！」

針對該月份刊登的漫畫，用來統計讀者覺得哪篇最有趣的問卷結果，對漫畫家來說是非常重要的。如果連載期間的排名一直都很低，就會被腰斬。排名夠好的話就會上封面彩頁、延長連載，甚至可以拿到下一次的工作。雖然雅章的連載開始之後評價都還不錯，不過這是第一次拿到第一名，確實是相當大的好消息。編輯還說下下個月要上封面彩頁、同時還要做增頁，所以兩人稍微討論了一下內容之後才掛掉電話。

心情相當高亢卻也沒有維持多久，想起了千秋懷孕一事又馬上跌落谷底。既然身為漫畫家已經走上軌道，一般來說應該會有自信覺得這樣可以結婚。但以雅章的立場卻不是這樣的。他想著，現在正是我最重要的時期啊。哪有空結婚什麼的啊，哪有空養什麼小孩啊。

止痛藥確實有效，疼痛已經勉強可以忍耐著。但左腰還是像裝了鉛球一般沉重，那種難以言喻的不耐煩感始終存在，所以心情也好不到哪裡去。

在網路上搜尋一下，找到一篇報導說如果想讓石頭趕快掉下來，可以去走路。所以決定出去散步，順便想想分鏡吧。但其實是覺得如果待在公寓，很害怕千秋可能會直接衝過來——雖然現實上她根本就不可能放下工作跑過來。如果覺得對方很可怕，那還有辦法結婚嗎？不，可怕的並非千秋，而是結婚還有小孩。雅章又對自己說著。

已經要過正午了，午餐就在便利商店買個便當吧，目標就是朝那裡前進，在河邊道路慢慢走著。雖然這是平常日，但可能天氣好所以有不少人在散步。帶著孩子的母親、老夫妻，這些人已經辦到我還沒有去做的事情，雅章抱持著敬畏之心。結婚、生產、育兒，大家都能輕鬆自在做這些事情，彷彿也就跟散步沒兩樣。或許就是有人適合做這些，有人不適合。對面有個跟雅章父親年紀差不多的男人低著頭走路。駝色外套、黑色帽子搭配鮮豔的綠色圍巾，明明打扮得一身瀟灑，這麼好的天氣卻不看天空也不看河流，一直盯著地面，就這樣擦肩而過。我大概就是「不適合的人」，然後會變成那種男人吧。

在便利商店買了先前一直覺得「爺爺奶奶專用」的那種只放了鮪仔魚及醃菜的樸素便當，不知道是心理上的問題還是身體抱病的關係，總之覺得相當疲憊，所以就坐在河岸邊公園的長椅上。明明很常在思考分鏡的時候坐在這長椅上，但今天從這裡看出去的景色和平常的色彩卻大不相同。

這公園給人的感覺就是土地不大不小的也只能弄個公園，擺了小小的長椅。基本上都是這樣的，沒有其他人。此時有個男人走了進來，駝色的外套，是剛才低著頭的大叔。現在沒低著頭，而是直直看著雅章並走了過來。幹嘛啦幹嘛啦。

「真是不好意思，可以請您稍微站起來一下嗎？」

男人將帽簷往上推了推說著，非常有禮貌。雅章一站起來，男人就開始仔細檢視長椅的椅面。

「是忘了東西嗎？」

因為他的動作實在非常奇妙，雅章開口問。

「是在找鐵釘。」

男人屈身探看著長椅下方回答。

「呃……是很特別的釘子嗎？」

「生鏽的釘子。」

男人站起來，一臉認真地看著雅章。

「你有沒有呢？大概要這麼長的釘子，盡量粗一點、生鏽的。」

男人用手指比出「這麼長」，那大概是十公分左右吧。沒有（沒有帶著生鏽釘子走路的興趣），雅章答。

「一定要是生鏽的嗎？」

「一定要是生鏽的。」

「怎麼感覺很像是要用來詛咒別人。」

一邊想著如果真是如此也太糟了吧但還是問出口，男人卻一臉怎麼可能啊的表情。

「煮黑豆要用的。」

他是這麼說的。

黑豆就是年節的時候年菜裡面的那個。

雅章的母親每年都是在百貨公司買年菜，不過這個男人的妻子會自己做——沒錯，看來這男人並非「不適合的人」。還會煮黑豆。聽說要把黑豆煮到「又黑又亮很好吃的樣子」就要把生鏽的釘子一起放入鍋內。不是詛咒而是有科學上的理由。

「鐵鏽會和黑豆的某種成分結合，打造出很漂亮的顏色。這樣一說的話就覺得好像真有這麼回事，但平常不會想到這種事情呢。」

男人說起話來沒有一開始那樣拘謹了，現在兩個人已經走出公園，沿著河邊低頭走路。雅章陪著男人一起「尋找生鏽鐵釘」。做點什麼應該能夠讓自己稍微分心，還有男人感覺就是受什麼——或者說某人所託。

「我想要嚇老婆一跳啦，所以就整理了家裡。當然是沒有碰她的梳妝台還有衣櫃抽屜、廚房之類的地方，畢竟這些地方我動了也沒用啊。

不過啊……家裡有那種不是我的區域、也不是她的區域的那種模糊地帶。生鏽鐵釘就放在那裡。有個琺瑯製的小盒子就放在客廳的櫃子上，打開來一看發現是我上班族時代的公司徽章、後來沒再去的醫院掛號單，還有生鏽鐵釘。一般來說不會覺得是有多重要的東西對吧。」

這就是男人把生鏽鐵釘丟掉的原因。妻子回到家裡看見屋子確實大感驚訝，但是男人有些自豪又帶著抱怨地說：「幹嘛把生鏽的鐵釘放在那種地方啊？」情況馬上急轉直下。那根生鏽鐵釘是妻子結婚的時候，她的母親讓給她的東西。是不可以丟掉的鐵釘，但那天偏偏已經倒了垃圾。妻子非常憤怒，到現在都還很生氣。所以男人心想多少得想辦法安撫妻子的心靈，就踏上了尋找生鏽鐵釘的旅程。

「原來有模糊地帶呀。」

男人的談話中印象最深刻的就是這句。啊？男人一臉狐疑，接著雅章又問了另一件在意的事情：「夫人去旅行了嗎？」嗯差不多。男人回答得非常曖昧。

「工地之類的會不會有啊。」

「工程應該不會使用生鏽的鐵釘吧。」

「搞不好會有一兩根啊。」

「這一帶有工地嗎？」

「說不定意外地難找耶，生鏽鐵釘這種東西。」

兩個人沿著跨越河流的大馬路轉了彎——雖然前面不一定有工地。

目前疼痛狀態算小。結石還好一點，當千秋懷孕的事情不經意從心上滾過的時候還比較痛苦。

「你結婚幾年了啊？」

大概是因為那種痛苦，雅章也口無遮攔地問了起來。

「三十八年。」

男人回答的語氣彷彿他一直在等待這個問題。

「我二十七、她二十三，我等著她大學畢業就結婚了。」

男人仰望天空似乎在回想過往，淡淡的陽光灑落在男人的白髮上。

「為什麼會下定決心要結婚的呢？」

雅章繼續追問著。男人笑著說這真是個好問題呢，然後看著雅章。

「當然是因為我很喜歡她，我愛她啊。」

「原來如此。」

正想開口問現在也還是嗎？就一陣疼痛襲來。不是心理上的那種，是真正的疼痛。腰部那一帶像是有鑽子穿過的感覺。雅章忍不住原地跳了幾跳。網路上寫說「跳也不可能把結石跳下來」，但還是痛到想要跳一跳。

「你在幹嘛。」

「我有結石……」

「喔結石。我也有所以我懂，真的很痛。不過跳也沒用……」

男人話說到一半突然打住。道路前方有位上了年紀的女性小跑步過來。全白的頭髮、長外套也是白色的，就像個妖精一樣飄了過來。

「你在這裡喔。有釘子囉。」

很明顯這位女性就是男人的妻子，真是個美人胚子。但是在這位「很喜歡、很愛」的女性出現的同時，男人卻顯得手足無措、非常不安的樣子。

「有是哪裡有?」

「臥室牆壁的照片，掛那個相框的生鏽程度差不多。」

「臥室的照片?釘子拔掉的話照片要怎麼辦啊?」

「打新的釘子上去就好啦。」

男人馬上綻放出一臉光芒。

「新的釘子，對耶，說得也是。」

男人看了看雅章，很高興地說明「臥室的照片是我們蜜月旅行的合照」。前後都有騎車載著小孩的媽媽要走過步道，我們三人把路讓開。不知為何雅章的意識飛到天空，從上方俯視著正在路邊講話的自己與另外兩人。

「您好。」

她的妻子朝雅章微笑，雅章也點頭「您好」回禮。

「他幫我一起找釘子。」

男人說。

「哎呀呀，真是謝謝您，要不要到我們家喝杯茶呢？」

「不不……」

「這個人啊，又跟其他女人不清不楚了。」

天外飛來的話題，等等。男人想讓妻子遠離雅章所以挪動著她的身體，但妻子從男人龐大身軀的後面伸出了頸子。

「我就生氣了然後離家出走，結果他趁那時候打掃家裡，想說這樣我就會原諒他了嗎所以我就更氣了。結果沒想到居然還把黑豆用的釘子給丟了，我一生氣他就說什麼要去找釘子然後逃走。」

那妻子應該不是朝著雅章說話，而是對男人說的。也沒有非常激動，是一種老師對著學生講話的語氣。說的時候一臉忍著笑意的表情。

「但你還真的有在找啊。」

「對啊，我有在找啊，一直在找。」

「真的喔，他很努力找。」

雅章也幫男人講了兩句。女人終於笑開來。雖然不是非常誇張的笑容，卻是心情很好地呵呵笑了好一會兒。

「真的謝謝您的幫忙。」

「沒事沒事。」

「謝謝，結石要多保重喔。」

兩人往那個妻子來的方向回去了。如果要回公寓的話，雅章應該也可以走那個方向，但覺得還是該目送兩人的背影。生鏽鐵釘的事情，對那兩人來說是個大事嗎。如果是件大事，那麼在三十八年的結婚生活當中，算是第幾件大事呢？但也都已經解決了吧，雅章思索著。回想起男人聽見把「我們的蜜月旅行合照」的釘子拆掉時的表情，以及他聽見妻子說「打新的釘子就好啦」時安下心來的表情，雅章臉上自然浮現出和剛才那妻子一樣的笑容。

沿著河岸回到公寓，一邊走一邊想園藝店或許會有生鏽的鐵釘呢。要不要打電話問千秋？然後，這才發現哎呀已經不需要生鏽鐵釘了。

但雅章還是拿出了手機，因為想打電話給千秋。左側腹還在刺痛，不過石頭早晚會掉下來的吧，雅章想。

電烤盤與四級地震

和麻子同居的人得了小說新人獎，因此在那個輕音樂社團ＯＢ建立的LINE群組裡擠滿了「恭喜」。

當然美雪也打了「恭喜！好厲害喔！」這樣的祝福訊息，也想著不知道該不該加個貼圖。貼圖要比較成熟感的好呢，還是漫畫角色的那種比較好呢？簡單來說自己跟麻子就是會煩惱這種事情的關係。LINE群組內畢竟不會是一對一的對話，所以先前都還可以含糊帶過。結果選擇了一個比較寫實的貓咪圖案，附上「恭喜」文字的貼圖傳送出去，這才看見其他成員傳了一堆亂七八糟的貼圖，又後悔起哎呀糟糕我的太嚴肅了，這樣感覺只是禮貌上表達一下祝福而已。

「有沒有人想要電烤盤？」

大概十天後，麻子在LINE群組裡發了這樣一條訊息。說是收到的賀禮中，有個家裡已經有的東西。看了看她傳上來的照片，那是美雪一直很想要，但是因為有點貴而煩惱許久的外國製時髦電烤盤。美雪觀察了好一陣子。過了一整天都沒有人表示想要，所以她留言說「我想要！」，能夠做出如此大膽行為，一方面是因為都沒有人回應也是滿可憐的，而且總覺得麻子這條「有人想要嗎？」訊息，應該就是發給美雪看的。但是在「我想要！」傳出去之後，美雪又後悔起不應該留下這樣的回應。

可是又沒有辦法取消，只好用LINE私訊聯絡，原本想著只要用貨到付款的方式寄過來就好，沒想到麻子說「我拿過去」。麻子住在橫濱，美雪住在世田谷的東松原。不是遠到天涯海角，但也沒有給人很近的感覺（這正是我和她之間的距離感呢，美雪想）。雖然她也開口說那我過去拿吧，但麻子說她要過來，而且還要跟她那個小說家男朋友一起。聽說是因為他以前住在東松原，覺得有些懷念所以想過來走走，可能會把這個城鎮的景色用在下一部小說當中。對方都這麼說了自然也沒辦法拒絕，也就順勢招待他們星期六的午餐。

「這星期六麻子他們要過來。」

美雪告知丈夫拓郎。如果是用快遞送電烤盤過來，那麼還有可能不讓拓郎知道寄件人是誰，可是他們兩人要來家裡的話那就沒辦法隱瞞了。

「麻子他們？咦？為什麼？他們是誰？」

理所當然的連珠炮疑問。美雪只好從麻子的同居人（兩年前，立志當小說家的男人）開始說明起。雖然和拓郎就讀同一所大學，但兩人社團不同，所以他沒有加入那個 LINE 群組。而美雪先前並沒有告訴丈夫麻子有同居人的事情，還故作輕鬆地說電烤盤原本是有請對方用寄的就好，但他們說要拿過來。「喔～」聽完以後拓郎問著：

「哪時？」

「這星期六，午餐的時候。」

「我要在家裡比較好嗎？」

「嗯畢竟是星期六，而且人家是來兩個人……」

「我知道了，我會把時間空出來。」

拓郎原先就是臉上不太會顯露情緒的人，也因為如此，美雪並不清楚他心裡在想什麼。無論如何，事情很快就敲定了。

那天是三月第一個星期六。

天氣很好，在美雪與拓郎這個日照良好的家中，溫暖到上午就已經關了暖氣。

美雪已經準備好午餐要用的東西，菜單是沙拉和大阪燒。畢竟這樣就可以馬上使用電烤盤，麻子也說「簡單的東西就好」所以就做這些。雖然這對於擅長烹飪的美雪來說是毫無用武之地的菜單，不過這種情況下要她大展身手到底算不算正確，也是有點一言難盡。雖然只是沙拉，但那也是用了青花椰菜、油菜花、豌豆等綠色蔬菜拌上四川風醬汁，了解的人應該會相當讚嘆。不，當然也不是希望他們讚嘆啦。美雪又思索起這種事情。她不懂麻子的心情，也不懂拓郎的心情還有自己的心情（麻子的男朋友貴船光一的話就，哎呀隨便啦）。

在臥室裡想著不知道該穿什麼好，拓郎走了進來。美雪在廚房的時候，他正在打掃餐廳和客廳，所以應該也是來換衣服的吧。看過去發現他倒是毫不遲疑，已經換上了亮棕色的燈芯絨襯衫和棉質長褲，基本上是假日外出的裝扮。感覺就好像也許真的沒有其他選擇，要是有的話反而令人在意，但美雪還是覺得丈夫看來如此稀鬆平常實在越看越生氣。

大學時代，麻子和拓郎有交往過，他們兩個人第一年同班，剛入學就開始交往了。美雪在社團認識了麻子，在第二年的專題課程中認識拓郎，第三年的時候麻子和拓郎分手。理由可能是誰甩掉誰，又或者兩人分手是因為自己的存在之類的，美雪並不清楚。只是沒多久之後美雪就和拓郎開始交往，一直持續到畢業之後，然後結婚。美雪和拓郎關係變親密以後，就與麻子產生了隔閡，畢業後也沒有見過面，只有在社團的 LINE 群組上面勉強算是重新開始往來。

不曾和拓郎聊過麻子的事情，雖然說也算是彼此體貼對方，但或許太過於沒有提起這件事情了，美雪想。美雪跟麻子同一個社團（還有美雪和拓郎開始交往前，她們在社團裡算是感情滿好的），以及幾年前社團開了LINE群組的事情，拓郎是知道的。但是兩人卻完全沒有談過這件事情，這樣是否不太自然呢？

「怎麼了？」

拓郎問。看來是美雪下意識地盯著丈夫看。

「……沒有，就想說你穿那個喔。」

「不行嗎？」

「不會，沒問題。」

拓郎稍微聳聳肩，電鈴響了。

貴船光一是盲點。

應該說根本忘記要思考他的事情——明明開端是因為他得了新人獎。雖然有聽說是「帥哥」，但美雪甚至沒有去看一下網路新聞上的照片。

一開門就看見兩人，穿著鮮豔綠色長大衣的麻子，以及毛呢外套搭配牛仔褲的貴船光一。是非常適合華美這個詞彙的兩人。容貌雖然樸素但是造型很棒的麻子——這是美雪個人的評價——在毫無疑問是帥哥的貴船光一襯托下似乎也有所提升。

「初次見面，真不好意思我們就這樣跑來了。」

貴船光一用美妙的低音打著招呼，右手提的那大紙袋應該就裝著電烤盤吧。不會不會，我才不好意思。美雪連忙回答，而拓郎就呆站在一旁。

「突然就說我要，因為我前陣子剛好很想要電烤盤。」

用徵求同意的眼神看向拓郎。

「哈囉，好久不見。」

拓郎說。他無視美雪——也彷彿沒有貴船光一這個人——就只跟麻子打招呼。哈囉。麻子回應的聲音如此輕巧也讓美雪覺得不愉快。

兩人家裡的餐桌很小，所以就在客廳準備午餐。從盒子裡拿出的全新電烤盤就放在咖啡桌上，正要喊個乾杯之類的同時，麻子忽然說：

「啊對了對了。」這麼說來麻子也提了個小紙袋。裡面是伴手禮的巴斯克風起司蛋糕，而且還是貴船光一自己做的。烹飪是我的興趣啦。貴船光一那種有點害羞的樣子真讓人喜歡。原來如此。美雪懂了，麻子來自家的目的是這個啊。貴船光一以前住在這一帶，應該只是隨便找的藉口吧。麻子其實只是想來讓我們看看她的另一半而已。

把提前準備的平價香檳倒進大小不一的玻璃杯中，四人再次舉杯。拓郎是不動產評鑑人、美雪是他的助手，兩人雖然不富裕但生活也還過得去。屋子雖然是租的，但不管是地點還是屋子的感覺都很不錯，也沒有特別想要自己的房子。麻子他們在開始同居的時候，好像買了橫濱的公寓吧——麻子在LINE群組裡講過這件事情。那時候並不特別認為她在自豪，只覺得她是告訴大家自己搬家了，但想想這兩人是不是比我們還要有錢許多呢。搞不好會有一套六支的香檳杯。麻子是女性雜誌的編輯，而預計要成為小說家的貴船光一應該也是跟麻子在相同領域中工作的人，不過他拿到新人獎成為職業作家以後，收入是不是就會大增呢——這些事情接二連三浮上心頭，美雪開始討厭起自己。明明就不希望自己是那種會去羨慕，或者評價別人住在什麼樣的房子、收入如何之類的人。

「恭喜你拿到新人獎。」

對了，忽然想起自己還沒提這件事情，美雪開口祝賀。

「新人獎？」

拓郎愣愣地說著。明明有說明過了卻沒好好聽嗎？

「他拿到小說的新人獎，會成為職業小說家。」

麻子說著，用相當自豪的語氣。

「那真是……恭喜了。」

拓郎還是相當呆滯的樣子。或許他根本不了解到底「小說的新人獎」是什麼東西。雖然他工作起來相當認真也有能力，但這男人完全沒有什麼文化素養、也沒有任何興趣可言——以前只覺得這件事情相當有趣，從來不曾覺得多討厭或者很丟臉之類的。

「該說是成了職業小說家嗎……應該是接下來要嘗試能不能成功啦。我的責任編輯也建議我說，先不要馬上辭掉工作。」

貴船光一穩重地說著，或許是因為他的表情和語氣，這聽起來完全就只是謙虛。

「在業界裡只要拿了新人獎就會被視作職業作家的，你要有自覺啊，之後我也會委託你工作的。」

麻子如此說完，貴船光一就打趣回答，好的我明白了。麻子笑了出來。這和貴船光一不同，她是非常刻意、故意笑給我們看的，美雪想著。

飲料從香檳換成白酒——這個比香檳貴一點——美雪把大阪燒的材料放到電烤盤上。聽見滋滋聲響，大家一起低頭看向了電烤盤。有些緊張地放上了四團直徑約十五公分的大阪燒材料，然後把豬肉片也放上去。

「電烤盤可以烤大阪燒喔。」

拓郎又說了傻話。美雪看見麻子用鼻子噴笑了一聲。

之後就是隨口聊著不著邊際的話題，麻子他們買了電烤盤的事情、還有人送電烤盤當賀禮的事情。貴船光一從幾歲到幾歲住在東松原之類的，然後去了哪裡。東松原的現在與過去、得到小說新人獎的時候對方是怎麼聯絡的，還有拓郎的工作內容、美雪負責的東西、有什麼樣的顧客等。

完全是沒有意義的話題，卻也是為了不要聊不怎樣的話題而必須講的事情，美雪想著。比方說麻子他們怎麼認識的，美雪從LINE群組對話中知道了一些，但拓郎並不知道。但他不開口問。美雪想著，應該是不想問吧。雖然他假裝內心平靜，但是讓他看見貴船光一這種好男人的樣子，肯定內心會湧現過於遲來的嫉妒。

而且一旦問了麻子他們是怎麼認識的，那就得要提到我和拓郎又是怎麼認識的吧，美雪思索著。我和麻子跟拓郎都在避免這件事情。貴船光一對這件事情又明白多少呢？麻子肯定沒有說過拓郎的事情，但應該有提過我是她學生時代的朋友吧。但怎麼都沒有講到學生時代的話題呢？不知道貴船光一會不會這樣想。雖然不知道他這小說家新人是發芽了沒，但他畢竟就是小說家，而小說家這種人應該就是想像力豐富才能當的吧，所以或許他隱約察覺了什麼，才沒有自己開口問。

觀察放了肉片那面烤得差不多的大阪燒，美雪翻了個面。油脂滴落後酥脆的豬肉翻了出來，貴船光一和拓郎異口同聲發出「喔喔！」讚嘆。果然是高級的電烤盤（？）所以肉沒有沾黏在烤盤上，而且烤盤的顏色還是白的，感覺就很高雅。這樣的話今天忍耐這些也都值得了，美雪正這麼想著。

「妳的動作很俐落呢。」

貴船光一說。

「不不……是這電烤盤好用。」

當然也是我動作俐落啦，美雪如此想著，給了對方一個微笑。

「接下來換我來烤吧，妳一邊烤根本沒辦法好好吃東西。」

「咦，這樣不好意思哪。」

「也是因為我看了就想自己動手啦。」

接下來就是互相推拖，但最後還是交給了貴船光一。第二輪大阪燒準備的是關西風，放了鹹甜口味燉牛筋還有大量青蔥。哇，這感覺很好吃耶，我在法善寺吃過這種的。貴船光一說著邊俐落烤了起來。

「新渡戶同學不做料理的嗎？」

麻子問道。「新渡戶同學」指的是拓郎。他們在交往的時候喊的是「拓郎～」，是原本就決定今天會叫他「新渡戶同學」的嗎？總之這是今天麻子第一次喊拓郎。

「沒有在做耶。」

拓郎回答得很爽快，語氣上完全不覺得不做有哪裡不好。確實丈夫並不做料理，應該說根本不會。但是美雪非常忙碌，或者不太想烹飪的時候，他會有所察覺然後邀美雪出去吃飯。雖然家事通常是我在做，不過他也會幫忙打掃，乾淨到就連我這個完美主義者看了也不會覺得有哪裡不妥的程度（今天也是如此）。這種事情其實可以講出來啊，美雪想。不，這應該要由我來說嗎。但是這樣好像在跟麻子比什麼一樣，我不喜歡。雖然其實的確是在比較。

就在此時，忽然一聲轟隆。

屋子開始嘎噠嘎噠地搖晃起來。「地震！」美雪和麻子幾乎是一起尖叫。還挺大的，拓郎的聲音意外平靜，彷彿只是在述說一件事實。忽然桌子上有什麼東西動了一動，咻的一聲，熱烤盤上冒出了大量蒸氣。搖晃沒過多久就停了下來，馬上就知道是誰做了什麼。貴船光一把自己的酒灑到了電烤盤上。快要烤好的牛筋大阪燒就這樣泡在酒裡。電烤盤上滿出來的酒滴到了桌面。哎呀，小光，你在幹嘛啊。麻子悲痛地喊著。

「抱歉我慌了，想說要滅火。」

貴船光一畏縮地說著。

「電烤盤又不是用火，是用電啊。」

麻子忍不住帶刺說著。因為不是開玩笑的語氣，所以笑不出來。

「對不起……總覺得本來的緊張感都被地震破壞了。」

貴船光一的聲音仍然顫抖著。拓郎接著問：

「咦，你很緊張喔？」

聽見丈夫這句話，美雪忍不住哈哈大笑。看見美雪笑出來，麻子也忍不住苦笑。

「他很緊張啊，我也知道。」

麻子笑著說出來。

「大家都很緊張呢。」

美雪說。

「我不緊張啊。」

拓郎說完，大家再次笑了起來。這回貴船光一也稍微笑了。

這樣啊，貴船光一也很緊張，美雪再次想著。他是知道還是發現了我們的關係呢？我們都很緊張，這樣的四人圍繞在電烤盤旁，又想笑了。

美雪關掉電烤盤的開關，然後大家一起擦乾電烤盤和桌上的酒以後，仍然乾等在一旁也不動手的拓郎說著：「這搞不好會很好吃耶？」他是指泡在酒裡的大阪燒。也是呢，美雪同意了，再次打開弄乾淨的電烤盤。

滋滋滋，電烤盤彷彿剛才什麼都沒發生似地繼續煎起了大阪燒。貴船光一看起來是重新振作了，細心將大阪燒一個個翻面，塗上美雪特製的醬油膏和美乃滋。麻子看著手機說：「剛才地震震度是四。」只有那樣啊，還以為應該是更大呢。雖然滿短的。我實在是很怕地震。大家三言兩語說著感想，熱騰騰的大阪燒放上了各自的盤子。

「嗯，很好吃耶，這個加了酒很好吃。」

先是拓郎開口這麼說，真的嗎？大家也把自己的大阪燒送入口中。美雪和麻子一邊咀嚼、看向了對方，以只有自己能理解的方式對笑了一下。不，應該是苦笑吧。拓郎真是個好男人呢，麻子的眼睛如此說著。貴船先生也是好男人呢，美雪用眼睛回答。

「嗯，很深奧的口味呢。」

麻子說著。

「對不起！」

貴船光一雙手合十。

再會啦，壓克力菜瓜布

紗弓打了電話來，約好一起吃午餐。星期三是紗弓上班的不動產店休假日，就約在離S站最近的咖啡廳。

S站是兩人居住地沿線那種只有普通列車才會停靠的小型車站，阿彩是第一次在這一站下車。看著手機上的地圖APP困惑了老半天終於抵達——看地圖是她不擅長的事情之一——紗弓為什麼會知道地點這麼偏僻的店家啊？哎呀對了因為她在不動產業上班嘛。等待的時候就在想著這種事情。因為迷路所以阿彩比約定的一點晚了十分鐘左右才到，但是又過了十分鐘以後紗弓才現身。

「欸，要不要坐外面？」

紗弓沒有道歉就只說這句話。於是拿了水杯移動到馬路邊的露天座位。十一月底的微陰日子，在這裡覺得有點冷。而且還有比她們兩人稍微長些年紀——大概是三十幾歲——的一對男女也在桌邊坐下。

「這裡的東西都很好吃喔。」

所以說紗弓很常來這裡囉，阿彩想著。常來這種好像秘密之家的時髦店家，對阿彩來說是不太可能的事情（說起來她也沒辦法一個人走進店家吃東西）。雖然紗弓說「都很好吃」，但午餐菜單上也只有漢堡跟打拋飯總共兩個選項，因為不知道打拋飯到底是什麼樣的東西，所以阿彩點了漢堡。

「居然點漢堡。」

紗弓點完打拋飯之後喃喃說著。

「咦？不行嗎？」

「也不是不行啦，就覺得好像很不好下手吃。」

「嗯，唔……也是啦。」

高中同學紗弓，是總是一起行動的四人小團體中的一人。如果有人跟她們說，妳們感情真好啊，大家都會點點頭，卻不是打從心底這麼想。其實那個時候就覺得自己經常會被小團體中屬於領導者的紗弓莫名其妙責備。但我們都已經是大人了，阿彩想著。只要我不在意就好了。反正又不是多常見面——阿彩和紗弓兩人上次見面已經是一年多前，是在買了現在住的那公寓的時候。

「最近好嗎？」

紗弓問。阿彩點點頭。

「妳呢？」

「很糟，完全提不起勁。」

「咦，怎麼啦？發生了什麼事？」

「該怎麼說呢……哎呀別提了。妳那邊住起來如何啊？有沒有哪裡有問題？」

「沒有沒有，硬要說的話就是新房子亮閃閃的，總覺得非得打掃不可，有點壓力呢。」

阿彩露出笑容心想著希望她懂這是個玩笑，紗弓卻沒有笑。是因為「提不起勁」嗎？今天找我來吃午餐，是不是要商量那件事情呢？雖然她說「哎呀別提了」，但是不是該再問一次呢？

剛才點的東西送來了，漢堡果然是很難下手。麵包之間夾了厚厚的漢堡肉、培根、番茄、萵苣、水煮蛋和起司，雖然也送上了刀叉，想著那先切成一半看看好了，結果一下子就全部散開來在盤子上變成一團混亂。

「啊啊，阿彩妳就是這樣……」

紗弓嫌棄地說著。看來不是我多心，她是真的態度很惡劣呢，阿彩想著。為什麼呢？會與紗弓重逢，是因為和丈夫一起去看房子的時候在不動產店偶遇，在紗弓的努力之下買了棟好房子。那時候的紗弓，就算阿彩沒有跟丈夫在一起，對她的態度也都很好（所以今天才會匆匆忙忙地就出門來）。

對話進行不下去，阿彩束手無策地遊走視線。這個露天座位另一組客人，那對男女中的男性表情扭曲地相當恐怖。這個季節他卻穿了黑色短袖ＰＯＬＯ衫，露出來的手腕和臉部都略微曬黑，看起來竟然還相當有光澤。啊？什麼意思啊！男人的聲音傳了過來。畢竟那幾乎是怒吼聲了，所以當然能聽見。從這裡可以看見那面容樸素把頭髮束在頸後的女人側臉正抿緊嘴唇。

「所以就是這麼回事囉。這是我、這是妳……」

男人更加提高了聲音——簡直就像是要說給阿彩她們聽——拿著叉子的左手、拿著刀的右手還大大張開。而左手偏偏撞到了當下正要走過來的店員手上那放有餐後飲料的托盤。托盤就這樣被男人的手打落，發出哐啷巨大聲響，杯子也散落在地。

「搞什麼！」

男人怒吼著。店員慌張地蹲下開始撿拾杯子碎片。

「發什麼呆啊！」

男人的怒吼聲往店員頭上噴，女人起身走向店員，應該是想幫忙吧。給我坐下！男人怒吼著，女人跳起來似地起身回到座位。阿彩嚇得心跳加速，趕緊轉開視線。

「那個明明是那男人害的吧？」

試著開口跟紗弓說話。但她保持沉默，用湯匙掃動著盤子上的東西。她沒看見嗎？但是不可能沒聽見那怒吼聲啊。紗弓染成棕色的頭髮有漂亮的捲度，那鬈髮隨著湯匙的動作在她的肩膀上搖擺。阿彩已經覺得這也太晃了吧，就在此時，紗弓猛然抬起頭來看著阿彩。

「啊啊真是的，我本來想說不要講了，還是說好了。」

「咦，什麼？」

我對她做了什麼壞事嗎？然後她要來指正我嗎？阿彩一開始想到的是這樣。

「我跟阿悟在交往，我們是相愛的。」

紗弓說著。

一樣啊。

阿彩想。

紗弓說阿悟，我也是這麼叫丈夫的。

太奇怪了。

阿彩一邊想著，一邊用左手食指捲起了毛線。把編織棒插進捲出來的圓圈裡，做出一目又一目。現在手上在織的是壓克力菜瓜布，這次使用的毛線是紅色和粉紅色。毛線都是在百元商店買的，每天都在織，所以不用思考也能繼續動手。

大概一年多前，阿彩和阿悟在找公寓。畢竟結婚之後原先住的租屋會有各種不方便，所以決定搬家。一開始也是打算用租的，但想說既然如此還是用買的好了，可能是因為紗弓負責他們的業務，可以圖許多方便的關係。

手續比起租賃的時候來得多很多，有時候臨時需要什麼文件，阿彩就會拿過去不動產店，當然有時候是丈夫一個人過去的。紗弓說就是那時候他們彼此吸引，進而相愛。是阿悟引誘她的。

阿彩繼續捲啊捲地把線織起來，第二層、第三層也馬上就織好了，織一個不到三十分鐘。就算是手工不怎麼巧的阿彩，畢竟一直在做，所以壓克力菜瓜布是能夠織得好的（當然一開始嘗試製作的時候，要花一倍以上的時間）。

紗弓好像想要跟阿悟結婚。

「我希望你們分手。」

紗弓這麼說，然後吃了一口打拋飯。

「阿悟這麼說的嗎？」

阿彩問。紗弓點點頭，又用湯匙吃了一口。咀嚼的時候保持沉默。大概是跟阿彩坦白了，也就同時有了食慾。

「他說已經不愛阿彩了、希望阿彩自己提分手。阿悟畢竟很溫柔，所以他沒辦法自己說出口的。阿彩妳也是，不希望跟一個不愛自己的人在一起吧？」

阿彩沒有說話。腦袋裡一片混亂，不知道該說些什麼才好。只想著，現在真想織個壓克力菜瓜布，動手的時候就覺得心情安穩。

阿彩沉默的時候，紗弓一口接一口地清空了自己的盤子。然後看了看阿彩的臉，又看了看她那亂七八糟的盤子，「就是這樣啦。」她開口：「妳仔細想想，然後跟阿悟好好談談。」說完她就拿著帳單起身。看來午餐這頓是她要請。

愣愣望著進店裡櫃檯結帳的紗弓，還有她身後排著剛才怒吼的男人以及他帶著的女人。女人注意到阿彩的視線，所以看了過來。不知為何阿彩也望了回去。感覺上就像阿彩有聽見男人的怒吼，方才自己和紗弓的對話，那女人可能也聽明白了。

一回神才發現已經做好了紅色和粉紅色漩渦圖案的壓克力菜瓜布。真可愛，阿彩想著。很可愛耶，丈夫也總這麼說。廚房和浴室各放了一個壓克力菜瓜布，會看心情替換。

阿悟是阿彩畢業進的那公司部門的前輩。

進公司那年的員工旅行因為被逼酒，阿彩喝到身體不舒服，來照顧她的就是阿悟。為了回禮所以買一小盒餅乾送他，結果他又說要回禮所以約吃飯。兩人就這樣開始交往，一年半後結婚。

結婚的同時也離職了。如果是公司內員工結婚，女方離職好像是一種潛規則，而且阿彩「拿下」阿悟似乎有種使了壞點子才成功的感覺，聽人背地裡說三道四這些也是很痛苦。阿悟似乎也覺得阿彩理所當然要辭職。畢竟如果生了孩子，也沒辦法工作啊。他是這麼說的。

但是一直都沒能懷上孩子，去了醫院之後才知道是阿悟那邊的問題所以不好懷孕。阿悟失望了好一陣子才恢復活力。阿彩想著要是不會生孩子的話，那就去打工吧，但也沒實行。因為她知道阿悟不希望自己這麼做。如果人家覺得生不了孩子才去工作，這樣感覺不是很糟嗎？阿悟是這麼說的。可是本來就是這樣啊？阿彩這麼想著但沒說出口，反而是在家事方面多加琢磨，希望就算沒有孩子也能努力打造出非常幸福的家庭。

不知不覺已經織了三個，紅色和粉紅色的漩渦、藍色與灰色的漩渦、中間紅色搭配周圍藍色的壓克力菜瓜布。

該是準備晚餐的時間了，阿彩慌張起身。為了工作結束下班回來的阿悟，得準備一頓好的才行。買了許多食譜、看了大量影片，所以料理這方面她算是還行的。但偶爾還是會失敗，或者沒能在預計時間內做好，因此通常都會盡可能抓充分的時間去做。

阿悟在七點過後到家了，跟平常一樣。我回來了——先聽見大門門鎖轉動的聲音，然後是他的聲音。這也跟平常沒兩樣。

阿悟穿過客廳直直走向臥房，換成上下一套的休閒服回到客廳，咚地坐在沙發上然後打開電視。阿悟最近不太會自己開口說話，阿彩想著是因為他工作太忙了。如果阿悟不說話，阿彩也不知道自己該說些什麼。所以夫妻的對話就減少了。畢竟也不是新婚燕爾，大家都差不多吧，阿彩想。

「晚餐好囉──」

阿彩一喊，阿悟起身來到餐桌旁，阿彩從冰箱裡拿出罐裝啤酒給他。阿悟接過來，拉開拉環咕嘟咕嘟地喝。阿彩不喝啤酒──結婚以後一口酒精都沒碰過──只開口說聲「開動囉」。今天的菜色是麻婆豆腐、烏賊生魚片、涼拌小松菜、滑菇加豆皮味噌湯。白天見過紗弓以後，回來路上去買了東西。

「好吃嗎？」

阿彩試著開口問。阿悟抬起頭來，似乎有些驚訝。應該是因為最近阿彩都不會這樣問吧。嗯。阿悟回答了，然後像是要證明一樣馬上吃了口麻婆豆腐。感覺也像是因為要表達自己現在要吃東西很忙、所以不要跟我說話的意思。

「對了，我今天見了紗弓。」

但是阿彩又試著開口這麼說。這畢竟是必須要確認的事情。阿悟再次抬起頭來，並不驚訝、幾乎可說是面無表情。

「真是難得啊。」

阿悟這麼說。她約我吃午餐，阿彩回道。

「然後啊，她說了件奇怪的事情。她說自己在跟阿悟交往……希望我跟阿悟分手。」

「那是什麼啊。」

阿悟這麼說。這次沒有看著阿彩的臉，而是朝向分裝麻婆豆腐的盤子。

「就是說啊，好奇怪喔。」

「太奇怪了，不知道是什麼意思。」

「還說從買公寓的時候就開始交往了……說你們相愛之類的……感覺好像連續劇喔。她在開玩笑嗎？」

「應該是開玩笑吧，不要理她就好了。」

嗯。阿彩點點頭。想著看吧，看吧，什麼都沒發生。那只是紗弓的玩笑。話又說回來，這是有點過分了，實在不想再聽到那種玩笑話，所以就照阿悟所說的不要理她吧。就算紗弓聯絡自己，也不要見面就好。

就在此時一聲來電，是從阿悟休閒服口袋裡的手機發出的聲響。阿悟拿出來看了一眼，關掉電源。之後阿彩與阿悟幾乎沒有任何對話，繼續吃飯。

那天晚上阿彩醒了過來。看了看放在床邊矮桌上的手機，時間是凌晨一點五十分。隔壁床是空的。輕手輕腳下了床，打開臥室房門，聽見阿悟小小聲說話的聲音。雖然不知道他在說什麼，但確實是在跟某個人說話。應該是關在廁所裡講電話吧。

這種事情先前也有發生過——應該說，這一年內經常發生。阿彩發現了。每次發現這件事情，就會織壓克力菜瓜布。

阿彩泡了咖啡。

話雖如此，也只是把咖啡粉跟水裝進咖啡機裡，所以現在不需要擔心會失敗（即使剛開始的時候根本沒有裝好濾網，結果過了很久，咖啡也沒有滴下來）。在咖啡機運作的時候，烤吐司、煎荷包蛋。阿悟喜歡把荷包蛋放在吐司上吃。荷包蛋的蛋黃太熟的話就沒辦法沾到麵包上。因為阿悟會一臉失望，所以她總是集中精神在煎荷包蛋。今天早上煎的很棒。

梳洗完畢走進餐廳的阿悟說：「哎呀，好香啊。」不知道他是說咖啡還是說荷包蛋，不過他很久沒有這樣說了，所以阿彩嚇了一跳。阿悟一坐下就開始說話，阿彩更加驚愕。他說下週末去旅行吧。還有要不要考慮收養小孩的事情。阿彩沒辦法好好回應他，但阿悟還是連珠炮般一直說下去。

電鈴響了。

平常日的這種時間——才七點半而已——會有電鈴還是頭一遭。阿彩和阿悟對看了一眼。阿彩正想起身，阿悟就說「我去」然後走向大門。沒多久便傳來爭執聲。其中一人當然是阿悟，而那聽起來像是動物叫聲的高亢聲音，阿彩聽得出來是紗弓。除了說話聲以外還有喀噠喀噠、咚咚咚等東西還是身體撞擊的聲音，接著紗弓便衝進屋子。

「妳到底在幹嘛啊！」

紗弓看見阿彩就大叫。雖然有點害怕，但是阿彩覺得有點想笑。畢竟這句話應該是阿彩要對紗弓說的才是。

「悠悠哉哉坐在那裡！一副老婆的樣子！不是叫你們分手嗎！就是因為妳不動，阿悟才會那麼困擾！都是妳害的！」

阿彩非常驚訝——因為紗弓在哭，而且哭得一把鼻涕一把眼淚，整張臉亂七八糟。紗弓是第一次讓阿彩看到自己這種樣子。

「妳閉嘴！」

阿悟怒吼著，他跟在紗弓後面回到屋子裡。他的聲音聽起來像是小孩子在鬧脾氣。

「我才不要。你不是這樣說的啊，我才不要分手。你不是說你已經不愛阿彩了嗎！說她什麼都不會，做愛跟條死魚一樣。也沒辦法生小孩，每天就只會織那個愚蠢的壓克力菜瓜布。你不是這樣講的嗎！」

「妳不要亂說話！」

阿悟拉住紗弓的手，紗弓想要甩開，結果兩人就這樣糾纏在一起。接著紗弓突然像是沒電一樣安穩下來，埋頭在阿悟胸前低低哭泣。阿悟的兩手像是不知該往哪裡去一樣浮在半空中，就那樣看向阿彩。雖然他好像是使了個眼色，但阿彩忍不住別過視線。因為不想看見他維持那種姿勢用什麼表情面對自己。

「我們去外面講。我會直接去公司，回來再談。」

阿悟為了拿公事包而稍微離開紗弓身旁，紗弓就那樣站著不動等他，同時一直瞪著阿彩。阿彩承受了她的視線——不知為何覺得可以承受，已經不再害怕，只覺得紗弓真是可憐。

剩下自己一個人，阿彩開始收拾早餐餐桌。

打開洗衣機、打掃房間、晾衣服，目前為止一如往常。

唯一不同的是沒織壓克力菜瓜布。跟平常一樣拿了壓克力毛線和編織棒到沙發坐下，想動手的時候卻卡住了。不想織。這才發現其實自己一直都不想織。

阿彩起身打開置物櫃櫃門，拉出塞在最下層的塑膠袋。裡面塞滿了壓克力菜瓜布，雖然弄髒了或者破損就會換掉，不過製作的速度卻更快。阿彩跌坐在地，把塑膠袋倒了過來。五彩繽紛的壓克力菜瓜布散落在地上，數一數總共有五十三個。顏色跟搭配組合都不同，所以還記得織每一個菜瓜布當下的心情。那些不願回想起來的心情。

阿彩低頭看著壓克力菜瓜布很長一段時間，然後全部裝回塑膠袋裡，拿著便站起身。穿上外套走出家門。從八樓自家搭電梯下樓，走出大門的同時回頭仰望公寓。還以為會一直在這裡，在這裡織著壓克力菜瓜布。明明每兩天就會出去買個東西辦事之類的，現在卻覺得是第一次走出這公寓。

阿彩走在住宅區旁的河岸道路，想找個沒有人的地方。但不管怎麼走都有其他人，想著該怎麼辦才好呢，結果就打算走過橋去。

對面有個女人走過來，一開始是看見那接近金髮的淺黃超短髮，有些狐疑地再看一次，發現對方也正看著自己。有種好像在哪裡見過、應該是很熟的人的感覺，然後才想起哎呀對了，是被紗弓找出去、在那個S站附近咖啡廳的人。和怒吼的男人在一起——就在結帳的紗弓身後，欲言又止和阿彩對看了好一會兒的那個人。但那時候她是黑髮束在頸後。

女人穿著深棕色風衣、條紋圖樣的T恤和棉布長褲，那樸素的面容與嶄新的髮型似乎不太搭調，但或許是因為這樣才認出了她是那時候的女人。您好。阿彩幾乎是下意識地開口。您好。女人也回應了。兩個人停下腳步，為了避免擋到過路人而一起靠向欄杆邊。

「妳的頭髮……」

阿彩開口。

「對，剪掉了。」

女人低頭看著水面說。

「我剪斷了。」

阿彩點點頭。點好幾次頭。然後提起塑膠袋。

「妳看著。」

阿彩拿出一個壓克力菜瓜布，丟向河裡。其實本來打算找個地方燒掉，不過河也行，就是要現在丟。

阿彩把菜瓜布一個個丟進河裡，女人就在一旁看著。

正在燃燒呢，柴火爐

「啊，小健？現在方便嗎？」

這是佐野先生第一句話，稀鬆平常的語氣。雖然最近聯絡幾乎都是用LINE，這是久違的電話。但還是覺得接下來要說的應該是「鏈鋸不能動了耶」或者「拿到一堆人家釣的竹筴魚，你要不要過來拿？」之類的事情。

「聰子好像死了耶。」

這樣說讓人覺得聽起來是在開玩笑。

「啊？什麼啊？什麼意思？」

所以我也笑著問。

「說好像其實是真的死了啦，我說聰子。剛剛醫生說的，好像是心臟的問題。」

佐野先生仍然用彷彿是在說明鏈鋸哪裡出了問題的語氣吐出這句話。

那是九月初的星期天，我和麻美都在家，所以兩人慌張地飛車到醫院。那是這片被山林包圍的區域中最大的綜合醫院。我們從急診室入口進去，結帳櫃檯前沒有其他人，佐野先生一個人呆坐在沙發上，就連這個當下我們也還是覺得可能是某種笑話。

聰子太太今年六十九歲。佐野先生比聰子年長十歲，身體也有抱病，所以他老是說什麼：「絕對是我先死啦，之後聰子就麻煩你們囉。」結果聰子卻先走了。

是麻美先認識佐野夫妻的。十幾年前他們兩人在這裡買了老別墅的時候，接下整修裝潢工作的就是麻美。聽說他們是從別墅區管理事務所那裡拿到工程店清單，排在最後一個的就是自由業室內設計師麻美的名字，而兩個人會從清單最後面開始撥電話完全是個偶然。麻美和他們兩人一見如故，裝修完畢之後三人還一起吃飯。後來兩個人考慮要把東京的房子賣掉、搬來這裡永居，找到土地以後就在麻美的協助之下蓋了房子。另外這件事情也有點偶然，總之被委託做地基工程的就是我。

我和麻美就是因為佐野家的工程而認識的，我們兩個都是離過一次婚但沒有孩子的人。佐野家蓋在山麓邊別墅區內可以俯視河流的絕景之處，跟我和麻美住在一起幾乎是同時期的事情，也就是八年前。之後就加上我變成四個人一起去喝酒（但是佐野先生酒力相當不佳，所以只有三個人喝），有時候還會一起去附近旅行。四個人當中我最年輕是四十八歲，幾乎可以說是佐野先生兒子的年齡，但我們卻是忘年之交。「這把年紀了搬到鄉下還能過得這麼開心，都是託了阿健和麻美的福。」聽子太太老是這樣說。對了，聽子太太在那屋子裡只住了八年啊，我想著。

聽子常把不需要辦葬禮，甚至也可以不要墳墓這種話掛在嘴邊，因此佐野先生就照她的遺言（？）並沒有辦守靈和葬禮。不過聽子太太以前是插畫家，所以她在東京的工作夥伴和朋友們有舉辦一個類似告別會的活動，佐野先生有過去出席。我們聽說這件事情以後，想著在這裡也辦一個那樣小小的活動。和佐野先生商量之後，他表示沒有問題。

我和麻美、當初建房時與佐野夫妻也成為朋友的我的晚輩木工、負責電力系統的麻美父親，還有佐野先生，我們五個人到常去的居酒屋。

店長夫妻也奉了杯。

麻美的父親很快就醉醺醺地哭起來，搞得我也眼眶濕，但是沒有誇張到令人擔心的程度。因為佐野先生一直都很開朗的樣子。佐野家的墓地在東北那邊相當遙遠，所以要在這邊找聰子太太和佐野先生兩個人用的墓地。

佐野先生和聰子太太當初也是離過婚沒有小孩的人，在一起的年紀比我和麻美早了一些。我記得應該是聰子太太三十幾歲、佐野先生四十來歲的時候，兩個人是感情很好的夫妻。佐野先生從出版社退休以後，就做起了寫書評的工作。搬到這裡之後兩個人大多整天在家裡面過日子，但他們說幾乎沒有吵架，看他們的樣子我也覺得應該是真的。根本吵不起來啦，因為我一生氣他就馬上道歉了。但他還是會做一樣的事情呢。我很喜歡看聰子太太總是這麼說著說著就笑了出來，然後一旁的佐野先生還是笑嘻嘻的。

佐野先生自己半開玩笑地說著，早上起床就發現身旁的聰子已經斷了氣。

「因為她一直都沒有動，我還想著她真能忍呢，是打算開我玩笑到哪時啊。」

佐野先生笑著這麼說。

「我也還是有種這是什麼玩笑的心情。」

我也這麼說。

「搞不好是躲在哪裡了。」

「聰子太太在啦，現在就在這裡。肯定笑咪咪看著我們。」

正好加點的酒送了上來，老闆娘這麼說著。我忍不住環視店內，當然聽子太太不在，完全沒看見。明明有種現在入口那紙門就會被拉開，然後她笑著說「啊哈哈、抱歉抱歉」走進來的感覺。

人會消失，我這麼想著。人有一天就會消失，我想這可能就是我清楚認知到聽子太太死亡的瞬間。

「要是遇上什麼麻煩，隨時都可以聯絡我們喔。雖然只剩下三個人，下次還是一起去吃個飯吧。」

道別的時候麻美說著，我也加了句「絕對喔」。

「謝啦～」

佐野先生揮揮手。

那天晚上，我和麻美都沒有喝得像平常那樣多。所以當然沒有像平常那麼醉，但我裝成喝醉了。

麻美在洗手間卸妝，我從後面抱住她。哎呀幹嘛啦？麻美面不改色，用化妝棉擦拭著眼睛周圍。

麻美比我大五歲，現在五十三歲。在我只認得她的外貌的時候，還以為她年紀比我小。認識並且聊開了以後，也曾覺得她果然比我年長。住在一起以後有時覺得她像個可靠的姊姊，也有時候感覺就像個可愛的妹妹。

我把臉埋在她從T恤領口露出來的頸邊。麻美因為常在工地幫忙工程，所以身體頗為結實。誇張到我第一次碰到她的身體的時候還挺驚訝的。但是已經過了八年，麻美的體格也稍微柔軟了些。她的髮絲在我鼻尖搖擺，裡面混了一根白頭髮。這麼說來她先前還曾經大叫著，啊！這裡有白頭髮！

不，討厭的其實不是那個。每個人都會老、肉體會衰退，我也一樣。我現在腹部的肌肉根本不像我二十幾歲時的樣子。只是麻美比我大五歲，所以我就會一直想到這件事情。

麻美雖然沒有噴香水之類的東西，但身上還殘留著洗完澡之後總是會擦上的身體乳的甘甜香氣。我努力吸著那氣味。不知為何剛才在居酒屋裡面拚命忍住的眼淚又在眼眶裡打轉。

「沒想到佐野先生很堅強呢。」

我沒有把頭抬起來，雖然聲音悶悶的，但麻美應該有聽懂。

「嗯，是啊。」

「沒問題吧。」

「應該吧。」

麻美稍微把我推開，開始洗臉。為什麼回答得這麼曖昧啊，我想著。跟我說絕對沒問題啦。

「我們再約佐野先生吧，三個人盡量見面。」

「好啊。」

「什麼時候好呢。下次約燒肉吧，佐野先生滿喜歡的。」

「不要時間太近吧。佐野先生可能不喜歡人家同情他。」

「也不是同情啦……」

麻美轉過身來面對我，雖然我期望她能夠說些我想聽的話，但她說出口的卻是：「我先去洗澡囉？」

一方面是麻美並不積極，同時也想著該什麼時候約呢、又怕對方會不會覺得我是同情，可是難道不能同情嗎？思索著這些有的沒有的，不知不覺已經十月。

這一帶十月就相當寒冷了，我們家裡早晚都點起柴火爐的日子也越來越多。佐野先生家標高比我們家還要高一些，所以應該很冷吧，我忽然在意起不知道他的薪柴夠不夠。我也有考慮要用LINE傳訊息，但最近聯絡上有點中斷，所以煩惱起該怎麼寫才好。您好，天氣真冷呢。您好，會不會覺得冷呢？然後要怎麼辦呢？總覺得都不太對。

我們用來聯絡的是我、麻美、佐野先生和聰子太太的四人LINE群組，回想一下其實大多是麻美和聰子太太的對話，有時候我會回幾個貼圖，然後佐野先生偶爾講幾句話。聽子太太不在之後，這個LINE群組裡面要用什麼樣的句子跟佐野先生說話才好呢？應該說這樣一想，就覺得連要怎麼跟麻美講話都搞不懂了。

我是在五金材料行巧遇佐野先生的。相當晴朗卻低溫的日子，上午十一點，我早上沒有工作，所以來這裡找可以用來改建我家那開始腐朽的露台用建築材料。在店內走動的時候看見了佐野先生，他在燈油賣場那裡正要將燈油暖爐的大箱子放進購物車。

「佐野先生——」

聽見我喊他，佐野先生嚇了一跳，似乎有些不耐煩地回頭。

「哎呀，來工作？」

「不，來辦點家裡的事情。佐野先生你要買那個嗎？」

「嗯。」

佐野先生一臉無可奈何地點點頭。感覺要搬也挺辛苦的，所以我出手幫忙。箱子上寫著「大型」、「高功率」、「木造建築四十八張榻榻米大」等文字。

「這個要做什麼啊？您要用在哪裡啊？」

我忍不住開口詢問。佐野先生的房子應該有那台柴火爐就很溫暖了。麻美設計的時候就是這樣的，我和她把地板和牆壁都盡可能使用了最高級的隔熱建材，多到誇張的地步。

「柴火爐沒辦法用了。」

佐野先生有些為難地笑著這麼說。

「咦？是有什麼問題嗎？」

「也不是……就是柴火一直點不起來。先前一直都是聰子在做的啊，我已經忘記要怎麼弄了。完全只有在燻木頭，根本沒辦法變暖，又不可能一整天都在那邊撥爐火，所以想說乾脆用燈油暖爐好了。反正我也沒剩多少日子了。」

「不不不，等等。」

柴火爐要點火以及不讓火滅掉，確實是需要一點訣竅。但是佐野夫妻以前住在別墅的時候就有用柴火爐，而且也不是「一直都是聰子在做」，我見過好幾次佐野先生在點柴火爐裡的柴火啊。他那時候不是還笑著跟我說「我點柴火爐都成了專家啦」的嗎？

「我來做吧，我去教你。」

我試著開口這麼說，佐野先生卻揮揮手。

「哎呀就覺得很麻煩啦。」

他這麼說著，仍然喀啦喀啦推著那裝有燈油暖爐箱子的購物車走了。

「佐野先生會用燈油暖爐嗎？」

我開口說了。咻地吹來有如秋季北風的寒冷空氣，我忍不住縮了縮脖子。今天十月就結束了。

「當然會用吧，只要按個開關啊。」

麻美回答。我們在離城鎮相當近的工地，正在處理斜坡的樹木砍伐。預計要在這片土地上蓋我們那晚輩夫妻的屋子。

「但是他會裝燈油嗎？」

「可以啦，又沒有癡呆。」

「嗯……可是真的沒有癡呆嗎？我說真的。」

「就說沒問題啦，LINE回訊息也很正常啊。」

麻美的語氣有些像是在斥責我。所謂「LINE回訊息」是指上星期我們想約佐野先生來我家吃晚餐的事情。他回了句「不了」。麻美回他「為什麼？」，結果他寫說「跟兩位見面，反而會更加寂寞」。人家都這麼說了，我們也不好硬約。的確那種回覆內容，感覺起來不像是癡呆了。但這樣表示我們不可能再三人聚會了嗎？

「可是他已經不打算再用柴火爐了嗎？」

「不知道呢。你可以去教他啊。」

「但他說不想見我們。」

「應該是現在還不想……吧。」

「可是、」

「不要再可是了啦！就說沒問題了！」

麻美回頭怒吼。當下她正在用鐮刀割著斜坡的樹下雜草。先前明明沒發生過這種事情，此時麻美卻在回頭的時候滑倒了。她往後面倒去，

「啊！」第大叫。

「妳在幹嘛啊。」

我想著不是什麼大事，覺得麻美應該會馬上不好意思地笑著站起來，結果她就那樣一直倒在地上，我馬上從推土機上跳下來奔到她身旁。伸直的右腳腳踝附近的草一片鮮紅。

鐮刀刀刃打到了她的腳踝。

我將麻美放上小卡車，衝進正在休息時間中的醫院。就是聰子太太被送去的那間綜合醫院。幸好雖然有出血但傷勢還算輕，只縫了五針就好了。

但我的心跳還是相當快。染紅雜草的麻美鮮血、去醫院的路上在車裡顫抖的麻美，等她接受治療的那段時間，我在空無一人的候診室裡，就像是聰子太太死去時的佐野先生那樣，一個人愣愣等在那裡。我因為這些事情而大受打擊。

治療和結帳完成以後，為了等著拿止痛藥和抗生素，我們坐在藥局的候診室裡。雖然我叫麻美在車上等，但她說要一起去。在那有著雨蛙色調的合成皮沙發上，麻美靠了過來。她還在發抖。

「會痛嗎？」

我開口問她。

「對不起。」

麻美喃喃念著。

「不用為這種事情道歉吧，我才要道歉，應該專心工作才對。」

「對不起。」

麻美哭了起來。當然傷口是很痛，但大概不是因為傷口而哭的。我知道的——我一直向麻美追問佐野先生的事情，還有麻美總是一副無所謂地回答我，這兩者其實是一樣的。我們害怕相同的事情。

「沒問題的。」

我對著麻美，也對著自己說。總覺得我也開始想哭了，就在此時，我和麻美的手機一起響起了LINE訊息聲響。

是佐野先生。

「好久沒來吃飯了，要不要過來？」

是這樣的訊息。

我們約在三天後的晚上。

我和麻美開小卡車出門，關於這件事情也稍微煩惱了一下。畢竟被找去佐野家吃飯，通常都會喝酒，如果開車的話就要住在那邊了。他們的新房子有個佐野夫妻說「這幾乎就是阿健跟麻美專用的」小小客用臥房。今天是不是也打算讓我們住那邊呢？酒豪聰子太太已經不在了，我們可以喝酒嗎？應該說餐點會有什麼呢？聰子太太非常擅長烹飪，但我沒聽說佐野先生會做菜。到底會給我們吃什麼啊……結果最後還是決定

「總之就照著先前的去做吧」。

在佐野家前從輕卡車上下來的時候，麻美「啊！」了一聲，指著屋頂上。我一開始也不知道她是什麼意思，然後才發現那件事情。是煙囪，煙囪裡面冒出煙來。而且不是白煙，是非常澄澈的顏色。只有那一處的景色搖搖晃晃。這表示柴火爐有點起來，而且有順利燃燒。

按下電鈴，在我們等了一會兒以後，「來啦！」佐野先生笑咪咪地跟我們打招呼並開門。雖然在他身後沒有聰子太太馬上冒出來說「歡迎啊——」這點讓人覺得有些寂寞，不過佐野先生的表情比起我先前在五金材料行見到的時候要來得有活力許多。或許是因為我看到了煙囪的煙。

屋子裡面非常暖和，是那種柴火爐特有的，一種輕飄飄像是軟綿綿毛毯包裹屋子的暖意。進了大門，我和麻美非常認真地盯著那放在玄關附近地面的柴火爐看。當然爐子裡的火很旺盛，而且爐上還擺了鐵鍋，飄著香氣。我記得這氣味，是聰子太太很擅長做的愛爾蘭燉肉。

「柴火爐這不是點著嗎。」

麻美比我還早出聲。

「是點起來了。」

在廚房吧檯另一頭的佐野先生一臉不好意思地說著。

「明明有柴火爐還點什麼燈油暖爐，感覺真的是有點丟臉嘛。」

佐野先生說他先前雖然說是忘了怎麼點火，其實只是不想靠近柴火爐。因為會一直想起第一次用柴火爐的事情、兩個人比賽誰點得比較好等等，都是他與聰子太太的回憶。其他事情也是這樣。為了避免自己靠近、不能靠近與聰子太太有關的回憶，所以佐野先生前陣子都是過著「縮頭烏龜」般的生活。

「可是呢，好像也不能再繼續這樣縮下去了。畢竟我還活著啊。」

佐野先生把一個大盤子拿到餐桌上。上面放了起司、火腿、熱狗、萵苣等，還有蘇打餅乾之類的一大堆東西。品質上雖然遠遠不及聰子太太的料理，但努力和意願當然值得大大讚揚。我忍住不讓自己哭出來，這跟我先前忍住的心情完全不一樣就是了。

「這個，然後我做了那個燉肉。先前麻美說過希望能教教做法，所以聰子有在LINE上面寫過不是嗎。我就找出來了。我覺得那個很好吃。酒的話有啤酒、紅酒跟燒酎，紅酒是以前聰子訂的。啊，你們今天要住下來吧？」

當然囉，我們回答。在桌邊面對面，我們舉起啤酒，佐野先生則拿起無酒精啤酒跟我們乾杯。

「你是怎麼從烏龜狀態爬出來的呢？有沒有什麼契機？」

我一邊咀嚼著沒有瀝乾的萵苣葉，開口問著。

「該不會是聰子太太在夢裡罵你吧？」

麻美也這麼說。其實也沒有什麼特別的啦。佐野先生一臉難為情。

「哎呀，人類應該就是這樣子的吧？只要還活著，就會活下去。」

佐野先生站了起來。他走過去柴火爐那邊，看了看燉肉的燉煮狀況。還要再一下吧。他邊說著邊回頭的時候，看著麻美的腳。看來是終於發現了她腳踝的繃帶。

「搞啥，妳的腳怎麼啦？」

「沒事啦。」

我和麻美異口同聲，我們一起笑了。我脫下毛衣只穿著一件襯衫。

柴火爐的爐子裡，薪柴正熊熊燃燒，屋子裡可以說是相當熱。

本書是以月刊雜誌《なごみ》上的連載

〈製作美味的道具與人〉為基礎，

經過大幅增補與修訂後完成的作品。

國家圖書館出版品預行編目資料

電烤盤與四級地震 / 井上荒野 著；黃詩婷 譯.--
初版.--臺北市：皇冠. 2025.9 面；公分. --（皇
冠叢書；第5243種）（大賞；188）
譯自：ホットプレートと震度四

ISBN 978-957-33-4334-9（平裝）

861.57 114010220

皇冠叢書第5243種
大賞|188

電烤盤與四級地震

ホットプレートと震度四

HOT PLATE TO SHINDO YON
Copyright © 2024 Areno Inoue
Chinese translation rights in complex characters arranged with
TANKOSHA PUBLISHING CO., LTD.
through Japan UNI Agency, Inc., Tokyo

Complex Chinese Characters © 2025 by Crown Publishing Company, Ltd.

作　　者—井上荒野
譯　　者—黃詩婷
發 行 人—平　雲
出版發行—皇冠文化出版有限公司
台北市敦化北路120巷50號
電話◎02-27168888
郵撥帳號◎15261516號
皇冠出版社（香港）有限公司
香港銅鑼灣道180號百樂商業中心
19字樓1903室
電話◎2529-1778　傳真◎2527-0904
總 編 輯—許婷婷
責任編輯—黃雅群
內頁設計—李偉涵
行銷企劃—蕭采芹
著作完成日期—2024年
初版一刷日期—2025年9月

法律顧問—王惠光律師
有著作權・翻印必究
如有破損或裝訂錯誤，請寄回本社更換
讀者服務傳真專線◎02-27150507
電腦編號◎506188
ISBN◎978-957-33-4334-9
Printed in Taiwan
本書定價◎新台幣340元/港幣113元

• 皇冠讀樂網：www.crown.com.tw
• 皇冠Facebook：www.facebook.com/crownbook
• 皇冠Instagram：www.instagram.com/crownbook1954
• 皇冠蝦皮商城：shopee.tw/crown_tw